AF114864

La Maison jaune

La Maison jaune

Josée Piard
Pascal Parmentier

Roman

En application de l'art. L.137-2-I du code de la propriété intellectuelle, toute reproduction et/ou divulgation de parties de l'œuvre dépassant le volume prévu par la loi est expressément interdite

© 2025 Josée Piard

©2025 Pascal Parmentier

Édition : BoD · Books on Demand, 31 avenue Saint-Rémy, 57600 Forbach, bod@bod.fr

Impression : Libri Plureos GmbH, Friedensallee 273, 22763 Hamburg (Allemagne)

Photographie : Eliz Parmentier

ISBN : 978-2-3225-7281-6

Dépôt légal : Juin 2025

« C'est étrange, une maison de famille ! Un lieu rassurant, avec les odeurs et les bruits de notre enfance et, en même temps, l'endroit qui nous impose le passé et nous empêche d'être nous-mêmes. »
Bruno Combes

« Les *vieilles maisons* ont de la *mémoire*, ses pierres renferment les secrets les *plus cachés*. »
Sandrine Fillassier

LA MAISON JAUNE

Préambule

Sait-on quels secrets se jouent derrière les murs épais d'une maison ? Demandons-nous quels non-dits, mystères et cachotteries accompagnent les hôtes dans leur quotidien. Certains les emportent avec eux jusqu'à la tombe. D'autres vivent, tant bien que mal, à leurs côtés ou, au contraire, cherchent à s'en écarter le plus possible. Et il y a ceux qui ne savent pas, mais qui se doutent de quelque chose, qui pressentent le poids de ce qu'on leur cache et qui culpabilisent.

A l'image de la maison, les lieux sont les gardiens privilégiés des secrets.

Il suffit d'ouvrir les fenêtres sur un instant de vie de chacun des personnages d'une famille, de fréquenter les lieux qui ont marqué leur existence pour comprendre comment, par un enchaînement de circonstances, on en est arrivé là.

Ces fenêtres qui renouvellent l'air vicié et permettent d'éviter l'asphyxie, ce sont les mots.

Mais, lorsqu'on brise le silence, c'est l'intime qui s'échappe pour le meilleur et pour le pire.

La maison de poupée (2000)

Au hasard d'une balade, j'ai longé les grands boulevards et le flot ininterrompu de la foule m'a porté devant les vitrines des grands magasins. Que de peluches robotisées, que d'automates répétant les mêmes gestes dans un décor ouaté, il fallait que la neige soit à l'intérieur pour nous rappeler les hivers d'antan.

Il est une chose qui m'a toujours surpris aux veilles de Noël : les jolies maisons de poupées aux devantures des grands magasins. Je peux rester des heures à inspecter les moindres détails de ces constructions miniatures. Elles me fascinent. Je suis sidéré par le soin avec lequel les matériaux sont assemblés, la finesse de la réalisation. Chaque pièce est unique. J'ai vu de belles demeures classiques, de beaux immeubles haussmanniens mais celle dont je garde le souvenir le plus prégnant ressemble à s'y méprendre à la Maison jaune dans laquelle j'ai vécu une partie de ma jeunesse. Contrairement à toutes les autres, c'est un genre de ferme ou de maison de campagne. Les poules et les canards joyeusement disséminés dans la cour, le cheval dont la tête sort de son box, les vaches que l'on devine alignées dans l'étable, tout concourt à payer aux enfants de la ville une partie de campagne. La façade volontairement découpée permet aux petits curieux de s'inviter à l'intérieur de chaque pièce. Le hall d'entrée avec le grand escalier, à gauche, une grande cuisine avec des meubles rustiques, une crédence avec des assiettes et une grande table en bois massif. A droite un grand salon dans le style anglais, de jolis fauteuils club regardent la cheminée dans laquelle brille un feu électrique. Les chambres s'alignent à chaque étage. Chacune d'elles avec un papier peint différent. La taille des lits tout autant que le mobilier me permet de les attribuer sans erreur à tous les membres de la famille. Les dépendances collées au bâtiment principal, offrent aux petits espions d'autres locaux à découvrir et d'autres histoires à se raconter.

Oui, c'est bien la maison de mon enfance, en plus petit, en plus mignon mais je n'ai pas besoin de forcer ma mémoire pour y retourner. Les parfums gourmands de marrons chauds et la sempiternelle rengaine d'un chant de Noël me replongent illico dans mon passé. Il ne me reste plus qu'à placer les figurines comme autant de santons et cette maison de poupée devient ma Maison jaune. C'est François déjà bien fatigué qui sourit de nous voir slalomer entre la volaille dans la grande cour. C'est bien Emma et moi qui conquérons la grange où s'empilent les grosses meules de paille. C'est bien l'âne Einstein et le beau frison de Béa qui habitent l'écurie. Quant à l'étable où nous avons appris à traire, assis sur un tabouret à trois pieds, c'est le domaine d'Ivan qui ne manquait pas de nous asperger et de se faire houspiller par Hortense. Derrière les rideaux du rez-de-chaussée, j'ajoute Geneviève au regard inquisiteur qui regarde avec envie ma mère s'enfuir au volant de son cabriolet. Le dallage en pierre de Bourgogne du grand salon se couvre inégalement de tapis élimés. Les vieux fauteuils de cuir aux accoudoirs et dossiers tannés ont accueilli les siestes d'Alban et Béa. Les peaux de mouton et autres couvertures posées au sol gardent le parfum de rapprochements interdits. Combien de caresses, combien de baisers se sont échangés sous le manteau, comme de la fausse monnaie.

Au hasard d'une balade, j'ai glané des parfums d'enfance…des souvenirs imprimés quelque part dans ma mémoire ou dans les pièces d'une maison de poupée, que l'on croit oubliés mais qui trop nombreux, saturent notre présent.

Hortense (2002)

« Mamiiiie ! »

Le fracas qui accompagne cet appel au secours a pour effet de me propulser dans le séjour avec la vigueur perdue de mes vingt ans. J'en ai presque oublié mon arthrose de la hanche ! Ouf ! Mon petit bonhomme se relève, l'air penaud, même s'il a entraîné dans sa chute une dizaine de livres. Il croyait entreprendre secrètement l'ascension de la bibliothèque afin d'atteindre son Graal : la boîte de fraises Tagada que j'ai volontairement mise hors de sa portée. Il me dévisage avec ses yeux de petit faon craintif. Je suis à deux doigts de fondre mais mon premier réflexe de « mamie » affolée est de le disputer.

« Tu ne recommences pas ton escalade, tu m'as bien comprise ? Et tu vas m'aider à ranger tous les livres qui sont tombés ! » Il acquiesce, il n'a pas le choix, il sait qu'il s'en tire à bon compte.

Il empoigne maladroitement ces bouquins confinés depuis longtemps au sommet de l'étagère et je les découvre en même temps que lui. J'ai dû vraiment les lire même si les titres ne m'évoquent plus rien. De tous ces compagnons de vie, combien nous restent en mémoire à 70 ans ? Combien s'impriment en nous ? nous bouleversent ? Pourquoi conservons-nous des romans de passage qui s'effacent aussitôt la dernière page avalée ? Ivan, mon mari, a mis au point un stratagème pour dompter sa mémoire défaillante : il note dans un calepin les titres et auteurs lus. Comme la plupart du temps, il ne se souvient plus de l'intrigue, c'est peine perdue !

« C'est qui, Mamie ? »

Avec une concentration de jeune détective, mon chenapan s'est assis par terre pour examiner une photographie qui s'est échappée d'un livre. Je m'en empare à mon tour avec ma main qui tremble un peu. Qui sait pourquoi j'ai gardé cette image d'une période aussi lointaine ? Le marque-page de ma lecture de l'époque, sans doute. Même si je n'ai pas pu faire les études que je souhaitais, les livres m'ont permis de comprendre tout un monde qui m'était interdit.

« Les anciens propriétaires de la Maison jaune !» Mon explication semble le satisfaire puisqu'il gambade déjà vers ses jouets, s'étant acquitté sommairement de sa corvée de rangement. J'ai toujours envié cette faculté qu'ont les enfants à passer facilement d'une activité à l'autre. Sans état d'âme.

Je n'avais pas eu cette photo entre les mains depuis 1980. François le patriarche était encore de ce monde. Il domine l'assemblée par sa taille et sa prestance. Son fils Alban se tient devant lui, avec cette assurance que donne le privilège de la beauté unanimement reconnue. Béa, sa jeune épouse se tient à sa gauche et Chris à sa droite. Les deux sœurs jumelles qui l'encadrent, portent la même robe noire à pois blancs et sont coiffées à l'identique. Je me souviens qu'il était très facile de les confondre, elles en jouaient d'ailleurs. Au village, la plupart des gens commentaient encore le terrible accident qui avait laissé Chris indemne et Béa en mille morceaux. A travers la robe chasuble de Chris, on devine son ventre qui s'arrondit et c'est ce que semble regarder Alban avec tendresse... Béa, à cette époque, ne pouvait pas avoir d'enfant. En mille morceaux. Si extérieurement, il ne lui restait qu'une brûlure visible à l'épaule gauche, sa stérilité faisait partie de ces cicatrices intérieures qui ne se voyaient pas. C'est ce qu'elle croyait. C'est ce qu'elle taisait.

Geneviève, la sœur d'Alban est là aussi, revêche et beaucoup moins séduisante que son frère. Elle semble être la seule qu'un sourire écorcherait. Quand je m'occupais d'elle enfant, j'avais trouvé le moyen d'adoucir son tempérament avec les livres que je lui prêtais. Son visage ne se détendait qu'en suivant Alice au pays des merveilles ou le Petit Prince à travers ses planètes lointaines.

Bien à gauche, un peu en retrait, mon mari Ivan, le jardinier, homme à tout faire, attaché à cette maison et à ses propriétaires pendant tant d'années. Je l'ai envié, j'aurais tellement aimé travailler à ses côtés jusqu'à la fin, au service du brave et généreux François qui n'a pas eu le temps d'assister au délitement de sa famille. Heureusement. Il ne s'en serait jamais relevé !

« Mamiie, tu viens ? »

Je replace cette photo tout en haut de l'étagère où elle rejoint les livres oubliés. Il faut parfois laisser la poussière recouvrir les souvenirs. On ne ressuscite pas les fantômes sauf…si c'est une question de vie ou de mort.

Chris (1978)

Rouler les cheveux au vent, quel pied ! J'ai vraiment l'impression d'être assise sur la route. Mon petit cabriolet se love sur la départementale, je suis vraiment satisfaite de mon achat, même si je me suis pris de bec avec mon père qui aurait préféré une petite citadine plus fiable et moins gourmande en carburant. Je m'en tape comme de mon premier flirt ! Ce petit bolide vert java à l'allure ravageuse m'a tapé dans l'œil et je me débrouille très bien avec le jeune mécano qui sait régler sa double carburation. Mamie Jeanne me glisse souvent un billet dans le creux de la main en me disant toujours d'un air entendu : c'est pour ton essence. Je descends la corniche de Barre, mon Sagan préféré sur le siège passager, je l'aime cette écrivaine !

Je suis en route pour récupérer Béa à Crussac où elle passe le plus clair de son temps. Il devient de plus en plus compliqué de se voir ou d'organiser quelque chose entre frangines. Mais cet aprèm, Alban n'est pas là et les souris vont danser. Elles ont du temps libre et je ne sais pas encore dans quelle folle sarabande je vais entraîner ma jumelle. Nous ne resterons pas à la Maison jaune où je suis souvent invitée. Louise ne va pas très fort, personne ne sait exactement de quoi elle souffre mais les Morel sont inquiets. Elle se fatigue avec Hortense pour organiser le mariage de l'héritier ! Même chez les paysans, on veut mettre les petits plats dans les grands ! je n'en reviens pas ! ma sœur mariée avec le plus mignon de la bande, celui dont la beauté ne laisse aucune fille insensible ! Il y a deux ans, j'avais failli céder au charme insolent de ce brun volontairement ténébreux. Il nous poursuivait d'un zèle imbécile, comme hypnotisé, je sortais avec un dénommé Patrick à l'époque et c'est Béa qui a succombé. Nous nous sommes souvent demandé comment il avait fait pour choisir.

- Il a sans doute pris la plus intelligente des deux… tu crois pas, m'a lâché Béa pour me faire râler
- Oui mais votre perfection risque de le fatiguer, très chère…

et nous partions d'un fou rire.

J'ajuste mes lunettes de soleil et chasse d'une main négligente une mèche rebelle échappée de mon foulard de coton blanc. J'ai trouvé ! nous irons à Florac pour choisir les tenues des demoiselles d'honneur. Alban n'a pas obtenu de son père que le banquet se tienne ailleurs qu'au domaine, lui aurait préféré une salle de réception à la hauteur de ce qu'il croit être. Un lieu qui aurait flatté son ego de joli garçon qui a pour le moment tout réussi. Son classement au concours lui permet d'espérer de belles opportunités.

Mon vieil autoradio n'a pas d'ampli et quand le petit moteur grimpe dans les tours, je monte le son. Oui ! ce sera un beau mariage, champêtre, rural et vrai. Les colliers de fleurs et les tablées drapées de blanc, les enfants qui joueront autour, les gens du village qui auront fait l'effort de se mettre sur leur 31, je partage cela avec Béa. Même si les mariés se disputent gentiment depuis quelques mois, je sais que ma sœur aura le dernier mot… pour le moment…

« You're the one that I want… » hurle le poste ! tu es celui que je veux ! on n'entend que ça sur les ondes et ça colle tellement avec ce que vit ma sœur ! Béa s'est éloignée peu à peu, non pas parce qu'elle étudiait à Paris, mais parce que son attention se focalisait sur un homme, elle avait intégré un élément extérieur à notre noyau. On avait quasiment tout mis en commun et voilà qu'un étranger entre dans notre intimité, un élément dont je ne peux pas profiter et qui partage mon quotidien. La gestion des fins de semaine n'a pas été simple. Moi à Toulouse, les amoureux à Paris, pas facile à vivre ! Les appels sont moins fréquents, les retours au pays aussi. Combien de fois j'ai sauté dans un train de nuit pour remonter à Paris afin de vivre quelques heures de complicité. Quelques fois, on se retrouve à Bordeaux, la route et les frais sont ainsi partagés.

Le ruban d'asphalte se déroule devant moi comme une bobine de film. Je risque pas de me marier ! j'en veux un peu à Alban de me voler Béa, tellement parfaite, plus aboutie et plus stable que moi.

Travelling avant sur Crussac que je devine au loin, j'appuie de mon pied nu sur l'accélérateur, au revoir tristesse, dites à tous qu'Elsa Mackenbourg est de retour.

Béa (printemps (1978)

C'est Alban qui m'a fait découvrir cette pièce surnuméraire dans l'aile est de la Maison jaune. Trop petite pour être une chambre, elle fait plutôt office de débarras ou de cachette. J'ai obtenu de François le droit de la dépoussiérer, de la « privatiser » ce matin et d'y installer une psyché pendant que je me prépare. J'ai demandé à être seule pour m'habiller. Seule avec ma sœur. Je comptais sur Chris pour me donner un coup de main pour fermer la robe mais elle est en retard, comme d'habitude. Il va falloir que j'apprenne à vivre sans elle. Depuis que je suis avec Alban, nous nous voyons moins, c'est sûr. Quand je lui ai annoncé mon mariage, Chris a prononcé ces mots : « Je vais perdre ma sœur ! » Je sais, c'est incompréhensible pour quelqu'un qui n'a pas vécu la gémellité mais je lui ferai toujours une place quoi qu'il arrive. Et cela, je ne peux pas l'expliquer.

Depuis ma tourelle, j'ai le sentiment d'être une princesse dans son donjon avec une vue panoramique sur l'extérieur. J'ouvre la fenêtre et le printemps envahit la petite pièce. L'air est déjà chargé de parfums de fleurs. Depuis les premières lueurs de l'aube, il règne une agitation fébrile dans la Maison jaune. Hortense et Ivan courent partout. J'ai longtemps cru que ces deux-là faisaient partie de la famille, tant leur implication est grande. Louise, ma future belle-mère, assiste aux opérations depuis son fauteuil. J'ai peur que tout ce remue-ménage l'épuise au reste. Les tables sont dressées, les tonnelles aussi et des gens du village sont venus prêter main forte pour suspendre les guirlandes florales de gypsophiles. Des bouquets de roses blanches vont bientôt être disposés sur les nappes opalines. Un mariage champêtre et élégant. Je l'ai décidé. Je voulais que tout soit blanc, immaculé, comme une nouvelle page à écrire. Aujourd'hui doit être le plus beau jour de ma vie. C'est mon mantra alors que je me regarde devant la glace. Je n'ai que 23 ans mais je sais exactement ce que je veux. Prendre le temps de réfléchir ? Attendre d'avoir terminé mes études à l'Essec ? Il n'en est pas question.

Je sais que je veux vivre avec Alban, il est mon âme sœur. Notre rencontre a été une évidence. Nous avons les mêmes projets pour notre couple et nos futurs enfants. En parfaite osmose, nous nous rejoignons sur tout. Ou presque. Alban voulait un mariage luxueux avec des dorures et du luxe à foison. J'ai réussi à le convaincre que la véritable élégance est souvent dans la simplicité. Alors, bien sûr, j'ai dû céder sur certains points et je n'ai pas pu empêcher l'arche de mariage couverte de fleurs. A l'américaine. Alban fantasme sur les États Unis qu'il associe à ses rêves d'ascension sociale et de prospérité. Il se sent capable d'abandonner définitivement le pays qui l'a vu grandir. Et là, nous ne sommes pas forcément en phase. Mon futur métier ne me fera pas renoncer aux joies d'une vie proche des gens que j'aime. Mais je ne désespère pas, j'ai des arguments pour le faire changer d'avis...

Lingerie fine, porte-jarretelles immaculé, bas de soie, je n'ai rien laissé au hasard. Maintenant, la robe ! Je l'ai voulue longue, classique, élégante au risque de me faire traiter de *bonne sœur* par Chris. Les manches cloches sont semi transparentes et légèrement bouffantes, en dentelle avec un motif floral. Elle s'attache dans le dos avec une fermeture éclair dissimulée dans le tissu. Je me contorsionne pour essayer de la remonter. Une couronne de fleurs qui, toujours selon ma sœur, me fait ressembler à une vestale, complétera ma tenue. Mais que fait Chris ? Ah ! Ce n'est pas trop tôt... Je l'aperçois qui descend de son cabriolet dans une robe blanche très courte. Son autoradio hurle le dernier tube de Patrick Hernandez. Elle va encore faire jaser mais je crois qu'elle aime vraiment qu'on parle d'elle. Geneviève dans son tailleur crème un peu vieillot la suit du regard et la toise d'un air hautain. Seul François, le père d'Alban, lui sourit en hochant la tête d'un air incrédule. Je crois qu'il aime bien Chris, même si pour lui elle fait parfois figure d'extraterrestre, surtout quand elle dit : *Une femme sans homme, c'est comme un poisson sans bicyclette.*

J'entends des pas sur le palier. La porte derrière moi grince doucement. Enfin, la voilà ! Non ? C'est le visage d'Alban qui sort de l'ombre et que j'aperçois dans le miroir.
- Mon amour...
- Non, Alban, n'entre pas, tu n'as pas le droit de voir ma robe. Ça porte malheur !

Il ignore mes protestations, s'approche, pose ses mains brûlantes sur mes épaules et descend la fermeture que j'ai eu tellement de mal à remonter. J'ai beau savoir ce que je veux, ma résistance faiblit quand cet homme me touche. Je n'ai plus qu'une hâte : constater que nos corps s'imbriquent aussi parfaitement que nos esprits...

Louise (novembre 1978)

J'ai de plus en plus de mal à rester éveillée. Le médecin de famille m'a dirigée sur l'hôpital de Florac, les examens se succèdent inexorablement. Le pronostic n'est pas encourageant. Mes traitements me plongent dans une torpeur effrayante qui inquiète mes proches. Je passe de longues heures dans le fauteuil du salon, ma couverture sur les genoux, à ne rien dire et fixer un horizon improbable au-delà des croisées. Je chantonne parfois et de ma mélopée confuse s'échappe un prénom, un lieu... et chacun d'imaginer que cette joie feinte me ramène à leur réalité. Souvent après le déjeuner, quand la douleur ne s'invite pas au café, je gagne en lucidité et c'est invariablement l'éternel retour vers le passé coupé de merveilleuses conjectures pour ma famille.

Mon François hache sa journée. La moindre excuse est bonne pour revenir à la Maison jaune, boire un café, chercher les clefs de la remise... François ne laisse rien transparaître, il s'oublie dans le travail et boude les activités champêtres dont il était autrefois friand. Plus de chasse, fini la pêche au lac, tout juste s'autorise-t-il une sortie au pas avec Rafale, le cheval qu'Alban a offert à Béa et qu'il faut détendre en carrière. Le plus clair de son temps libre, il le passe auprès de moi, près de l'âtre, où se trouve justement Hortense qui me tient compagnie lorsque la maisonnée ne réclame plus ses soins.

- Quel jour sommes-nous ?
- Dimanche 26 novembre, Louise

- Déjà ! les semaines filent et les jours se ressemblent. J'ai souvenir du temps où les dimanches s'écoulaient et nous récompensaient de la semaine, l'époque des grands repas. Je me rappelle votre mariage, en 56... je vois encore Alban assis sur les épaules d'Ivan qui lui tenait les chevilles pour ne pas salir son costume.
- Il faisait beau !
- Oui, quelle belle cérémonie ! nous avions tout organisé à la Maison jaune. Je vois les charrettes attelées parcourant le village, de l'église au domaine, au pas lent des chevaux. Et tous ces gamins heureux de lancer du riz et des pétales de fleurs. Je dois avoir encore quelques photos dans la commode de la chambre...

Sur la table du salon, la vieille montre à gousset du père, l'herbier de mon adolescence où s'intercalent feuilles de buvard et vergés annotés à la plume.

- Tu te souviens Hortense, nous avions pris l'habitude chaque dimanche de marcher le long du canal. Le chemin de halage tirait une droite favorable aux tentatives maladroites d'Alban pour apprendre à faire du vélo. Geneviève nous accompagnait parfois, je la vois encore dans sa jolie robe balançoire en vichy, elle tenait son frère par la main et prenait soin de bien saluer les quelques promeneurs qui nous croisaient. Ma petite Ginou, polie et attentive, studieuse aussi. Je la soupçonne d'avoir couvert certaines sottises d'Alban mais lorsqu'elle est partie à Toulouse pour achever ses études, son absence a été trop vite comblée.
- Je me demande si M. François ne s'est pas montré moins exigeant avec Alban...

- Sans doute Hortense, François admire pudiquement sa fille mais n'a pas d'autres projets pour elle que celui de rester à l'exploitation.
- Il est vrai qu'elle doit la poursuite de ses études à ses belles réussites scolaires. Que d'encouragements annuellement répétés par ses professeurs ! Que de temps passé à lire ! quel appétit insatiable pour ses livres ! il n'y en avait jamais assez… Et puis professeur de lettres, c'est beau ! on la voit beaucoup moins mais elle semble heureuse à Toulouse.
- Je ne l'ai pas suffisamment soutenue, nous avons confié plus de responsabilités à Geneviève sans nous rendre compte que chacune de ces obligations l'effaçait à nos yeux.

Je ressasse toujours les mêmes pensées. L'impact de mes choix passés me submerge d'autant que je ne peux rien changer. La maladie est vigilante, elle ne me laisse que le répit nécessaire à une ravageuse introspection. Que fut ma vie ? Je n'ai vécu que pour François et lorsque Geneviève est née, la joie d'avoir une fille a été diluée dans le regret de ne pas avoir un garçon. Tout a basculé avec Alban, j'avais l'impression d'avoir réussi cette fois, François rayonnait, l'exploitation était sauvée. Un gars, bien costaud, qui allait se fortifier au grand air. Avait-on oublié que ce sont les femmes qui ont fait tourner les exploitations durant la Grande Guerre ? Ma mère l'avait vécu lorsque son mari est parti en 17. Je sais que les femmes sont fortes et volontaires, j'ai juste suivi le mouvement… il en aurait fallu du courage pour faire valoir des droits et obtenir ce que j'ai déjà gagné dans mon propre foyer. François ordonne mais c'est Louise qui suggère, François se fâche mais c'est Louise qui s'énerve dans l'ombre, François achète et c'est encore Louise qui tient les comptes. Je suis l'éminence Louise et je sais qui dirige, je n'ai tout simplement pas envie de changer le monde.

- Ginou doit prendre ma place et tenir la maison. Alban est un homme… c'est différent…François espère que bon sang ne saurait mentir, que le gamin reviendra à la terre. Il voit en son fils une prolongation de lui-même, les temps ont changé mais il lui plaît de croire qu'Alban reprendra son fauteuil en bout de table.

- Une rangée de fauteuils finit souvent par un strapontin… hasarde Hortense. Et arrêtez de ruminer, ni l'un ni l'autre n'est attiré par la terre. Alban est sur le point de signer un contrat pour une grande entreprise et Béatrice termine son parcours universitaire à Paris. La vie les a rapprochés…et quel beau mariage en mars dernier !

- Mariage où Geneviève s'est montrée discrète. Et si Geneviève était jalouse des jumelles ? j'ai raté quelque chose Hortense, je n'ai pas été équitable et la maladie qui m'habite décuple mon amour pour mes enfants, mais n'est-ce pas trop tard…

Hortense remonte le plaid sur mes épaules et François qui arrive à l'instant pose ses lèvres sur mon front.

L'accident (1979)

Au village, si tout le monde parlait de l'accident, personne n'était capable de raconter ce qui s'était vraiment produit ce jour-là. Les Morel préféraient ne pas l'évoquer car il avait ébranlé les murs et les certitudes de la Maison jaune. Nul ne sait si la violence du choc avait amplifié le ressenti thermique mais chacun s'accorde à dire que ce jour-là, il faisait une chaleur insoutenable.

Le restaurateur de la Halte cévenole raconte avoir vu partir les jumelles sur les chapeaux de roue, elles chantaient à tue-tête. Il se souvient avoir envié leur beauté, leur jeunesse et leur insouciance. C'est Chris qui avait pris le volant pour se rendre à Florac après ce déjeuner copieux en terrasse avec sa sœur. Elle aurait aimé s'assoupir un peu à l'ombre d'un châtaignier mais Béa ne voulait pas attendre. Comme elle obtenait toujours ce qu'elle voulait, Chris lui avait cédé naturellement. Béa décidait et Chris suivait. C'était dans l'ordre des choses et personne n'en fut étonné. Pas même le restaurateur qui les connaissait bien.

La suite, personne ne la connaît, alors tentons de reconstituer le puzzle à partir de nos souvenirs d'enfance et des fragments recueillis :

Une route sinueuse cisèle un ruban gris sur les flancs de la corniche des Cévennes et rend le voyage encore plus monotone. L'autoradio crachote, donc les jumelles chantent à tue-tête et dans une heure, si tout va bien, elles seront à Florac.

La route est longue, Chris doit trouver que le temps est immobile, comme bloqué par la chaleur. Elles ne comptent plus les voyages entre Barre-des-Cévennes et Florac et connaissent toutes les fermes assoupies qui s'égrènent dans la campagne. La route devient plus capricieuse à l'approche d'un pont si étroit que le croisement de deux voitures est impossible. Tous les habitants de Crussac savent qu'il faut ralentir à cet endroit.

Nous sommes sur le pont : une joyeuse bande de gamins en maillot de bain exhibant leur bronzage « paysan ». *Tiens, v'là le cabriolet !* En nous voyant, Chris se remémore sans doute les concours de plongeons dans le lac auxquels elle participait enfant. Béa, elle, nous adresse un salut en arrivant à notre hauteur. L'attention de Chris est captée par le panneau signalant la présence de travaux, aussi ne voit-elle pas immédiatement le tracteur qui sort du champ en contrebas. A la sortie du pont, elle se trouve nez à nez avec un Massey Ferguson de plusieurs tonnes. Les clignotements du gyrophare de l'engin la rappellent à l'ordre, elle écrase la pédale de frein et quitte la route sur un coup de volant. Elle entend sûrement le crissement des pneus sur le gravillon et le choc des poteaux qu'elle fauche dans sa course folle. Le carter frappe violemment contre une borne kilométrique, ce qui déséquilibre le véhicule. Chris n'a que le temps de s'arc-bouter en tentant de protéger son visage. Elle se sent balancer et tout s'accélère. La voiture fait plusieurs tonneaux avant de s'immobiliser dans un champ. Le grand silence qui suit l'accident est interrompu par les plus téméraires d'entre nous qui s'approchent avec précaution :

- T'as vu la bagnole, elle est explosée, constate Jojo le plus grand
- L'a morflé, dit son cousin en secouant la tête pour chasser l'eau de ses oreilles

- L'a joué les cascadeurs ou quoi ?
- Tu crois qu'elles sont crevées ?
- Prends ta mob, on va prévenir la m'man au village !

Et voilà comment nous donnons l'alerte pendant que le conducteur du tracteur, encore sonné, reste sur place dans l'attente des secours. Nous sommes aux premières loges pour assister aux opérations. Nous n'en perdons pas une miette. C'est comme à la télé.

- Attention pour lever, levez !

Les pompiers soulèvent le brancard de concert et prennent le sentier pour rejoindre l'ambulance. La gendarmerie présente, procède aux constatations d'usage

- Nous la transférons sur Florac trois Rivières, dit un sapeur à l'adjudant de gendarmerie.
- Pas de problème, nous prendrons la déposition de la conductrice plus tard, elle n'a pas grand-chose.
- On ne peut jamais savoir.

C'est ainsi que Chris prit le chemin de l'hôpital régional pour accompagner Béa. Les premiers examens ne livrèrent aucun résultat probant, la jeune femme était vivante avec quelques lésions superficielles. Elle semblait dormir.

Béa est restée deux mois en service de réanimation, Chris aussi. L'une dans un lit, l'autre dans un fauteuil. Qui aurait pu séparer les jumelles ? L'une avec l'autre, depuis toujours, habillées à l'identique, Christine et Béatrice étaient les mascottes du village. Elles avaient tout partagé, une enfance heureuse dans un milieu modeste, une belle mobylette bleue avec siège biplace qu'elles s'étaient payé avec leurs premières économies. C'était souvent Béa qui organisait, Béa encore qui échafaudait des plans pour danser aux bals populaires en prenant bien soin de rentrer à l'heure que Chris avait tendance à oublier.

Au village, chacun y allait de son commentaire. Nos parents se demandaient comment Béa allait pouvoir se relever de cette épreuve. *Quelques mois après son mariage, quel malheur !* Personne ne semblait penser à Chris qui avait eu *de la chance, elle s'en sortait indemne, elle*. Peu leur importait de savoir comment elle parviendrait à vivre avec ce sentiment de culpabilité.

Dialogue Chris et Béa à l'hôpital

(témoignage d'une infirmière).

Au cours de ma carrière, j'en ai vu défiler des corps meurtris, des chairs en lambeaux et des familles torpillées par la douleur. Mais il y a une conversation qui est restée gravée dans ma mémoire après toutes ces années. Ce que je peux vous dire, c'est que je n'ai jamais vu deux sœurs aussi proches. Après, j'ignore ce qui s'est passé. Les gens ont raconté des choses abominables mais moi je sais ce que j'ai vu et entendu.

Chambre 122. Cet après-midi-là, je prépare le deuxième lit pour un patient qui doit être transféré en fin de journée. Juste à côté, le corps d'une jeune fille immobilisée dans un plâtre. La minerve lui maintient la tête droite. Malgré sa lèvre tuméfiée et les hématomes qui lui couvrent le visage, elle s'efforce de rester digne. C'est une des deux jumelles de Crussac. J'ai entendu parler de cet accident qui a fait le tour de la région. Dévastée par le chagrin, sa sœur est recroquevillée dans un fauteuil.

- Oh ! Béa, si tu savais...comme je regrette...T'avoir mis dans cet état, toi tellement belle et si vivante !
- Arrête de pleurer, Chris. On ne rejoue pas l'histoire. Tu n'es pas à ma place et tu dois continuer à vivre pour nous deux. Surtout... si je ne parviens plus à marcher...

- Mais tu n'as pas encore commencé la rééducation ! Tu vas y arriver. Il n'y a pas de raison, tu es jeune, sportive…
- …

Oh ! Ma Béa, dis quelque chose ! qu'est-ce que je peux faire pour toi ? Je donnerais une partie de moi même si cela pouvait t'aider à retrouver…
- Une partie de toi-même ? Ne dis pas n'importe quoi. Pour m'aider, il faut que je retrouve la Chris que j'aime. Libre, légère, joyeuse. Te voir pleurer dans ce fauteuil depuis plusieurs jours, franchement, ça ne m'aide pas. Si l'une de nous a perdu la partie, l'autre doit continuer le match.
- Tu sais, je me sens tellement responsable, je n'aurais pas dû prendre le volant ni conduire aussi vite. Au village, les gens chuchotent dans mon dos que ça devait bien arriver, depuis le temps que je n'amusais pas le terrain. En tout cas, là, c'est toi qui paies l'addition…
- Mais c'est moi qui t'ai pressée de reprendre le volant, je suis aussi responsable que toi. Aide-moi, ma Chris, en continuant à profiter de la vie qui n'est qu'une parenthèse. Et cet accident est là pour nous le rappeler.
- Je ne sais pas si je réussirai à me le pardonner un jour…
- Moi, c'est Alban qui m'inquiète le plus. Il est tellement triste quand il vient me rendre visite après le travail ! Je ne supporte pas de le voir comme ça et tu connais les mecs… Pour leur faire dire ce qu'ils ont sur le cœur… Je compte sur toi pour lui transmettre ta joie de vivre.
- Elle est restée coincée dans la voiture, ma légèreté…

- Eh bien, tu vas la retrouver ! Vous ne venez pas voir une morte. Dites-le-vous bien ! Je suis cabossée, c'est sûr, mais si je sais que j'empêche de vivre les gens qui m'entourent, ça ne m'aidera pas.
- Et rappelle-toi : quand une jumelle est très jolie...
- Sa sœur l'est aussi...
- Là en ce moment j'ai du mal à le croire, mais il faut reconnaitre qu'elle nous a bien aidées cette formule sacrée quand on avait l'impression que le destin favorisait davantage l'une de nous deux !

Pourquoi je me souviens de cette conversation ? Parce qu'après, au fil des semaines j'ai vu un changement chez Chris. Elle retrouvait sa joie de vivre et on aurait vraiment dit qu'elle avait de l'énergie pour deux. Elle s'autorisait à vivre ou plutôt sa sœur lui en avait donné la permission. Chaque jour, elle rendait visite à sa jumelle qui, de son côté, plus lentement, reprenait aussi des forces. Tout le monde connaissait Chris dans le service. Sa joie de vivre, ses robes courtes et même un tatouage récent sur l'épaule alimentaient les conversations.

Dialogue Ivan Hortense (après l'accident)

Cinq heures ! les chiffres du réveil décrivent la nuit,

J'ouvre timidement un œil, passe négligemment une main à la commissure de mes lèvres pour en chasser quelques mèches collées par le sommeil. Les nuits encore douces ne justifient pas la couverture et seul le drap tire-bouchonné au pied du lit témoigne d'un sommeil agité. Cette nuit, j'ai cru entendre des gémissements, des conversations chuchotées et même un petit éclat de rire bientôt assourdi, comme recouvert d'un oreiller, et tandis que je retrouve le sommeil, les spasmes du sommier dans la chambre voisine m'ont à nouveau réveillée.

Que se passe-t-il ?

Je prête l'oreille, le léger grincement de la porte de chambre voisine a troublé le silence comme une plainte et des pas se sont éloignés. Je me lève et je tourne délicatement la clef qui obstrue le trou de la serrure, j'approche mon œil, sans trop coller mon visage à la porte comme pour paraître moins voyeuse. Je ne distingue tout d'abord que des jambes dans un denim délavé. Le reste du corps apparaît à mesure que l'ombre s'éloigne dans le couloir. Une chemise déboutonnée dont chacune des manches semble porter une chaussure arrive au bout du couloir, juste avant de descendre les escaliers, je jauge la carrure et la forme devient un homme dont la chevelure brune, mi-longue et ondulée cascade sur les épaules. Les pieds nus avancent, à peine étouffés par la moquette élimée du couloir. Ils commencent à descendre l'escalier.

Je compte machinalement les marches : une, deux…cinq…huit, enfin le palier puis le claquement du demi-tour de la serrure.

La porte d'entrée est fermée.

Il est parti.

Je me redresse et recule comme si le visiteur nocturne pouvait encore m'entendre, je me déplace à tâtons et malgré mes efforts pour rejoindre le lit en silence, je me cogne dans l'armoire,

- Que fais-tu, bougonne Ivan, qui se retourne vers moi en allumant sa lampe de chevet
- Je viens de voir Alban sortir de la chambre bleue…
- Et alors ?
- C'est la chambre de Christine…
- Ça change du lac…me répond laconiquement Ivan.

Je connais mon homme, Ivan est un homme simple, foncièrement bon et sans détour. J'étais surprise qu'il ait pu me cacher ne serait-ce qu'un fait divers. Il me regarde et comprend mon étonnement.

- C'était l'été dernier, je passais sur le chemin en surplomb de la plage et j'ai vu Christine, nue comme un ver, faire du rodéo derrière les roseaux, pas vu le cheval mais la voiture d'Alban était sur l'aire du lac, alors le rapprochement était facile… J'ai préféré croire que ce n'était pas lui, ne rien voir et oublier de t'en parler… et pis la maison est chamboulée, l'accident, madame Louise qu'est partie, Geneviève revenue pour s'occuper de monsieur François… tu m'en veux ?

L'aube pointe son nez, je reste interdite, allongée et fixant le plafond. Tout se mélange dans ma tête ! déjà une semaine que l'école a repris. Mais aujourd'hui c'est dimanche, l'automne s'invite dans la chambre et la lumière tamisée par les persiennes rappelle les chaudes matinées d'été. Septembre est là, avec les listes de rentrée scolaire, les nouvelles tenues et les bonnes résolutions pour les gamins de Crussac que je retrouve demain.

Une mouche au vol énervé peine à trouver la liberté. La fenêtre est ouverte, j'observe le manège de l'insecte qui se pose, se frotte frénétiquement les yeux de ses pattes et reprend son vol, disparaissant tout à fait en un lieu inconnu pour revenir me chatouiller et s'envoler derechef au moindre de mes mouvements. Le vol se poursuit, la pauvre myope se recolle à la vitre, je me dis que le carburant viendra bientôt à lui manquer, que son moteur s'arrêtera et qu'elle tombera derrière le radiateur pour rejoindre ses congénères qui n'ont pas servi d'exemple.

Horizontal, mot en 4 lettres : Russe terrible...Ivan ?
(1979)

- Ivan Volkoff !
- Présent mon Adjudant !
- Allez le russkoff, bouge-toi le cul, faut y aller !

Cinq heures du mat', le soleil ferait la grasse et la patrouille serait sur la piste. On partirait dégommer du fellouze ou chouffer le djebel. Quelle armée de Bourbaki on faisait : mon copain l'ardéchois et sa nana[1] au côté, bandes de munitions croisées sur sa poitrine, grand picard et cure-dent, Jojo le petit radio toujours collé au chef de section. Un vieux de la vieille ce juteux, pas trop à cheval sur la discipline et proche de la troupe. Ah oui, je l'aimais bien celui-là, un peu parce qu'il était aussi grand que moi, beaucoup parce qu'il était juste et exemplaire. Il me disait toujours, Volkoff t'as appris à te taire avant d'apprendre à parler, ou bien, Volkoff t'es fort comme un bœuf et têtu comme une mule, sûr que la guerre, qu'on l'appelle comme on veut, évènement, guerre ou opération de police, ça donne pas envie d'en parler et tout compte fait je préfère encore la compagnie des bêtes ; bœuf, mule ou même mouton.

---

[1] Nana : surnom donné au fusil mitrailleur AA52

Je suis né au village et j'l'ai peu quitté. Il m'arrive souvent de penser à mes parents qui ont fui les bolcheviks en 17 pour vivre une autre guerre en France. Je suis né juste avant la seconde pour avoir vingt ans en 54. J'avais connu Hortense peu de temps avant la fête qui annonçait mon départ pour le service militaire, j'avais vingt ans révolus pour conduire l'attelage et balader mes conscrits à travers le village. Je me rappelle le tintement de la petite monnaie dans le seau à traire qui nous servait de cochon. Nous avions prévu large, les gens donnaient, inquiets de voir leurs gosses partir défendre les intérêts suprêmes de la nation. Bref ! J'ai laissé la charrette et pris le bateau jusqu'à Alger.

Trop grand pour être dans les chars, pas assez futé pour servir les armes savantes, je me suis retrouvé à pousser les cailloux, dans la biffe mon cadet ! la reine des batailles, celle des derniers mètres ou l'on distingue les ombres ennemies, où l'on chie dans son froc. Plus de deux ans à penser à mon Hortense, comme j'ai toujours préféré la fourche à la plume et les moissons à l'école, je mentais sur mon quotidien dans de belles pages écrites par Maurice l'instituteur. Il savait mieux que moi raconter nos vies de Max. Il avait toujours la petite histoire qui rendait la grande moins pénible. J'ai gâché deux ans de ma vie à obéir et avoir peur, à penser aux parents, à manquer leurs obsèques. Quand la quille est venue, je suis rentré. En vie mais sans grand appétit, j'avais gardé en moi des bruits métalliques, des explosions et du sang, Hortense m'avait quitté taiseux, elle me retrouva perdu…

Un matin d'automne, sur la route du lac, je me suis arrêté à la Maison jaune. Je n'avais que mes bras à louer, j'ai fait le journalier chez les Morel. La saison d'affouage commençait et m'sieur François a eu tôt fait de voir que j'avais pas les deux pieds dans le même sabot. Au plus fort des saisons, on comptait une vingtaine de journaliers sur le domaine, mon Hortense a rejoint la maison en fin d'année, elle aidait madame Louise pour les repas et s'occupait des gosses. On était heureux.

C'est surtout mon Hortense qui sait trouver les petits mots gentils pour chacun. Elle s'est occupée de monsieur Alban et madame Geneviève, elle a bien aidé Béa après son accident. Faut dire qu'avec les jumelles, c'était pas facile, on ne voyait qu'elles au village, Christine par-ci, Béatrice par-là, ça venait de loin pour roucouler. J'ai jamais rien dit, c'est pas mes oignons mais je suis pas aveugle, quand Monsieur Alban s'est amouraché de sa Béa, la Chris est arrivée avec et tout s'est compliqué.

Geneviève (1980)

Chambre d'hôtel anonyme. Intérieur nuit. Une jeune femme en sous-vêtements est assise au bord du lit. Près d'elle, son chapeau, sa robe et ses chaussures. Ses valises sont prêtes. Elle se penche et vérifie les horaires de train. Je voudrais connaître la suite de cette toile d'Edward Hopper. Cette fille a-t-elle enfin réussi à partir malgré ses angoisses et sa solitude ?

Les années passent si vite pour moi, Geneviève. « Jeune vieille » comme m'appelle mon cher frère pour me taquiner. Ou me blesser. A quel moment ce frère est-il devenu ce qu'il est aujourd'hui ? J'avais six ans quand il est entré dans la famille, j'étais dingue de lui, je jouais à la maman avec un vrai poupon. J'étais tellement fière qu'il fasse l'admiration de tous. Comme si cela pouvait rejaillir sur moi !

En grandissant, j'ai développé l'habitude d'arriver dans une pièce sans qu'on m'entende et j'ai pu faire l'expérience des comparaisons qui torturent et cabossent les enfants. *Tellement en avance par rapport à sa sœur au même âge, un visage d'ange, des facilités pour tout, un brillant avenir. Comment voulez-vous qu'il fasse sa vie à Crussac ? Il a de l'ambition, ce n'est pas comme sa sœur.* Des bribes de paroles comme des paires de baffes. Mon caractère s'est assombri, je suis devenue Geneviève, la « pas commode ». Le sien s'est gâté, trop de sucre, trop de miel. Alban fait partie de ces personnes qui éclipsent toutes les autres. Voilà l'histoire de ma disparition. Je suis partie en fac à Toulouse, je suis devenue professeure de lettres et j'ai vraiment cru que je pourrais vivre enfin, ailleurs que dans l'ombre de ce frère parfait.

Depuis la mort de maman, j'ai quitté la ville pour venir aider mon père. On ne m'a même pas demandé mon avis. Ça se passe comme ça dans cette famille. On laisse la possibilité aux filles de faire des études mais on se réserve le droit de les rappeler lorsque la maison les réclame. Hortense m'a soutenue, nous avions toutes les deux une certaine expérience de dérobade dans la lecture. Cela me faisait oublier que j'étais transparente, celle qu'on n'entend pas arriver et qu'on ne voit pas exister. Combien de fois ai-je entendu « Viens m'aider si tu n'as rien à faire ! » Lire est une perte de temps. Chez les Morel comme chez le père Sorel, c*ette manie de la lecture leur était odieuse.* Pour mes parents, les études devaient avoir une finalité concrète. On apprend à coudre, à soigner, à entretenir sa maison. Les lettres ne s'étudient pas, c'est une occupation d'oisifs.

Quand Béa est arrivée, j'ai dû faire de la place pour deux et ma chambre a été reléguée dans une aile de la maison. Les jumelles me toisaient de leur jeunesse et de leur liberté. Moi la vieille chose aigrie, je n'avais pas voix au chapitre. Ensuite, il y a eu l'accident de Béa qui a ébranlé mon frère pendant plusieurs mois. Alors que je pensais pouvoir reconquérir mon territoire, c'est Chris qui s'est mise à occuper les lieux plus régulièrement.

Pendant ce temps, on m'incite à épouser un de ces commis lourdauds pour poursuivre ce pour quoi je suis venue au monde : m'occuper d'une maison. J'ai mis mon corps en jachère depuis bien longtemps. On me prend pour une prétentieuse au village. Je m'en fiche. Je les snobe. Ces discussions de mâles d'une autre époque ou de femmes se gaussant d'apprendre qu'une des leurs vient d'entrer à l'Académie française, c'est au-dessus de mes forces. La méchanceté est devenue ma meilleure amie et mon bouclier.

Bien sûr que je les ai enviées ces jumelles ! Je les écoutais rire, plaisanter, avec jalousie car moi j'avais laissé mon enthousiasme à Toulouse. Je les regardais tournoyer dans leurs jolies robes. Trop vieille pour donner mon avis. Plus la même génération. Quand j'arrivais moins silencieusement que d'habitude, des Chut ! précédaient mon entrée.

Alors mes bagages, plus d'une fois je les ai préparés. Comme ce soir. Je rêve qu'on vienne me chercher et qu'on m'emmène ailleurs. Je donnerai mon corps à celui qui me fera partir. Une chose est sûre, au décès de papa, je m'en irai et j'espère qu'il ne sera pas trop tard. J'ai vu et entendu des choses qui ne me plaisent pas dans cette maison.

Je jette un dernier coup d'œil à cette toile d'Edward Hopper et je me demande si ces horaires de train ne sont pas finalement une lettre d'amour. Si c'est le cas, je n'ai rien à voir avec cette femme !!

François (1990)

Un homme a quitté ce matin la Maison jaune qui se cache derrière de hauts murs hérissés de tessons de verre. Celle dont on devine le toit d'ardoise et quelques volets gris à travers les arbres de hautes futaies. L'ensemble est ceint d'un ruban de pierres dont les extrémités s'embrassent dans un lourd portail. Une ancienne métairie qui des caves voûtées aux nombreuses cheminées annonce à l'envi que les Lansac, ses anciens propriétaires avaient les moyens. Ferronneries d'art et volutes travaillées, barreaudage en pointes de lances, le cossu confine au dissuasif. Qu'avaient à craindre les Lansac ? Ils possédaient des terres dans toute la région qu'ils avaient perdu depuis quelques générations l'habitude et l'envie de cultiver eux-mêmes. Jadis, l'aîné succédait au père, les différentes lois d'après-guerre ont sécurisé l'usage des terres pour les locataires sans morceler le capital des propriétaires dont les avoirs ont fructifié grâce au fermage. Toute une économie de la terre s'était créée autour de cette vieille famille paysanne. Non, les Lansac, n'avaient rien à craindre de personne. Disons qu'ils s'étaient embourgeoisés au fil des générations. C'est grâce à Eugénie, l'aïeule de François qui avait séduit et épousé le plus jeune de la famille Lansac, que la Maison jaune était entrée dans leur patrimoine. Et pour eux, c'était différent ; les biens acquis par héritage donnent à leur propriétaire le parfum des parvenus.

Au cimetière comme à l'église, le soliloque d'un vieux monsieur ne saurait troubler la quiétude d'un site peu fréquenté.

Un platane centenaire étale son feuillage. Un parasol providentiel pour l'homme assis sur le banc. Ses mains sont croisées sur sa canne et son chapeau à larges bords est légèrement incliné, il est tellement immobile qu'on le croirait endormi ou en train de prier. Assis non loin de la tombe de son épouse, il pense à Louise qui l'a quitté une quinzaine d'années plus tôt. Elle est partie sur la pointe des pieds, pour ne pas déranger dans la mort ceux qu'elle n'a pas gênés de son vivant.

Il est bercé par la complainte du grillon qui grésille comme de l'huile sur le poêle de l'été. Le vieux cimetière étale son patchwork de granit sous un soleil de plomb, ses allées tirées au cordeau le long desquelles s'égrènent tombes et caveaux invitent notre homme au voyage. Ici, le temps se ralentit, l'espace s'emplit du souvenir des disparus et chaque nom gravé lui rappelle un vivant de l'autre côté du vieux mur d'enceinte.

François Morel, un homme de tous les âges, rempli d'un passé si gros qu'il envahit son présent. Issu d'une famille d'exploitants, dont le nom se répète sur les marbres couchés. Il traîne un paquet de nostalgie inutile et révolu comme un sac beaucoup trop lourd. Il aurait volontiers troqué cette mélancolie pour une poignée de bons souvenirs, de ceux qui vous décrivent, de ceux qui vous constituent. Il n'est plus ce géant au visage tanné par les saisons, il a perdu cette musculature puissante et utile, ces mains caleuses, ce regard clair et gourmand d'infini. Il vient s'asseoir deux fois par semaine dans ce havre de paix. Il repasse son vécu et tente de rester lui-même en vieillissant. Il bredouille un passé qu'il réécrit à chaque réminiscence.

Ô Louise ! Que d'années passées entre ces murs ! Que d'amour et de travail partagés ! Te rappelles tu la tue-cochon en fin d'année où toute la famille se réunissait pour sacrifier une ou deux bêtes et préparer les conserves pour l'année à venir. Je me revois jeune homme tenir la queue du cochon lors de la saignée car chacun travaillait à l'époque, en fonction de son âge et de sa force, chacun apprenait et par le geste transmis, gardait la tradition. Je vois tes mains dans la bassine où bouillonne le sang chaud prêt pour le boudin et ce regard qui me perce comme la fourche dans un ballot de paille.

Je sens encore ta main dans la mienne et ta façon d'apaiser mes craintes d'un simple regard. Ces longues journées de fenaison où tu apportes l'eau fraîche et de quoi nourrir nos journaliers. J'aime te voir arriver au promontoire, flanquée de tes paniers en osier emplis de victuailles. Ton visage empourpré et tes longs cheveux bruns qu'un joli foulard enserre se sont figés en ma mémoire mais c'est toujours le sel perlant sur tes joues que j'essuie d'un revers de main. Tu m'as donné plus que je ne l'aurais espéré, tu calmes mes colères et m'apprends la patience. Ce sont tes mots qui germent en mon esprit et sortent de ma bouche quand je parle fort pour être obéi. Jamais femme ne fut meilleure conseillère et je m'ennuie de toi à présent. Notre accord parfait ne vient pas de la somme de nos points communs mais bien de la surprise induite par nos différences, que j'aime tes imperfections ! Te souviens-tu des noces de notre Alban ? Tu te moquais de moi qui n'étais pas fichu de reconnaître ma bru. Elles étaient jolies enfants et sont devenues belles, que de garçons au village pour les bals du samedi ! que de prétendants souvent transis ont attendu Béatrice tandis que d'autres ont su charmer Chris. La seule ombre au tableau de famille fut ce maudit accident, il m'arrive de penser que tout aurait été différent sans ce cataclysme.

Il m'a fallu du temps pour ne plus confondre la sérieuse Béatrice avec Christine la rebelle. Tu vois, ma Louise, je suis sûre qu'il est arrivé au moins une fois à Alban de se tromper.

Vue du bistrot

Ne cherchez pas une carte postale de Crussac, cela n'existe pas. Et pourtant le paysage le mériterait. Des forêts, des lacs, des champs, des pacages vert tendre avec des nuages qui s'effilochent comme de la barbe à papa. Ce serait vraiment de beaux clichés ruraux, de ceux qu'envient les citadins en manque de racine.

On vient à Crussac par obligation : pour des noces ou des communions, pour une fête de famille, aucune route nationale ne s'y perd, même la départementale assez téméraire pour traverser le canton a contourné le bourg, c'est dire...

A Crussac, les chevaux ont leurs écuries, les vaches leurs étables et les hommes leur bar-tabac. Le bar à Baptiste, c'est un refuge, une zone blanche. Baptiste connaît tout le monde, trente ans qu'il arpente six mètres linéaires de zinc, trente ans à tirer des bières et servir des blancs limés. On y trouve de tout, quelques conserves, un rayon droguerie et petit outillage, du tabac bien sûr et des jeux à gratter. C'est le seul endroit à la ronde où l'on échange quelques mots car dans le coin on donne rarement quelque chose. On y vient au jour finissant, quand la nuit se couche sur les champs et teinte de suie les sillons fraîchement tracés. La grande salle distribue ses tables, ici à quelques retraités occupés à boire leur pension ; là aux accros de la belote.

Les lampes blafardes suffisent à cacher les revenus modestes, les mains aux ongles noirs et les cols de chemise luisants. L'odeur de friture raconte le menu du jour et personne n'est venu jusqu'ici pour se plaindre des chapelets de fumée âcre, évaporés de quelques pipes bien culottées.

Une voix rompt le silence :
- On dirait que les Morel sont de retour
- On dirait bien, j'ai vu passer le gros 4x4 de l'aîné ! Hortense s'en est allée en courses et j'ai vu les gamins courir aux étangs,
- Et la Geneviève ?
- Toujours la même, l'aînée des Morel tient le coup. Elle tient compagnie à son père.
- Pas commode, le vieux !
- Entre sa fille qui se noie dans les livres et un fils qui préfère le commerce à la terre, le François a vite eu l'impression que tout partait à vau l'eau, que le monde qu'il avait toujours connu se cassait la gueule, voilà ce que je dis. Pour les Morel, c'était clair, il fallait qu'Alban bosse dans l'exploitation alors que la Geneviève, elle était juste bonne à s'acquitter des tâches ménagères ! La Geneviève, elle s'est oubliée dans le bac de l'évier et m'est avis qu'elle le garde en travers de la gorge
- Vu comme elle fait la fière et potine sans cesse, elle est rongée de jalousie depuis que son frère est avec une des jumelles,
- Faut dire que l'Alban, avec sa gueule d'artiste et son bagout, il pouvait embabouiner dans tout le canton
- Je crois pas qu'elle ait jamais quitté Crussac , affirma Baptiste
- Mais si, elle a fait des études de lettres à Toulouse, répondit un vieux ; elle aurait pu être prof, c'est sûr ! mais avec le décès de la Louise, tout a changé. Elle a vieilli sans que personne ne s'en

aperçoive. Elle s'entend qu'avec Hortense, rapport aux bouquins.

- Et qui faisait tourner l'exploitation ? je vous l'demande ? coupa Gilou, à votre avis ?
- Ivan ? dirent en cœur trois joueurs de cartes,
- Tout juste ! le seul qui n'ait pas bougé d'un cil, toujours au travail, muet comme une carpe, il a su gagner la confiance du patron et c'est pas rien. J'crois bien qu'avec Hortense, ils ont fait tourner le domaine.
- Au fait Gilou ! avoue que tu l'aurais bien rejointe à l'étage de la salle de traite quand t'étais commis, elle t'aurait bien plu la Gen, avoue !
- Bande de jaloux, faute de grives ça chasse le merle ! On l'entendait plus à l'office qu'au bal mais c'était le seul endroit où elle avait voix au chapitre. Juste un p'tit béguin en 62 mais ça fait un bail qu'elle est fanée, j'aimerais croire que ses mains ne caressent pas que ses chats !

Et tous de répondre d'un air entendu :

- Ça, c'est sûr !

A Crussac, il n'est pas rare d'entendre les gens commenter la vie des autres. Les voisins sont une source inépuisable de fantasme pour ceux qui n'ont plus grand chose à attendre de leur existence. La Maison jaune, c'est leur série télé avec ses arches narratives et ses personnages récurrents...

Alban (1986)

Posté derrière le bow-window de mon bureau, je suis au garde-à-vous. Immobile, talons joints, tête haute, je me tiens prêt à agiter la main dans un simulacre d'adieu empreint d'émotion. Je sais que dès qu'elle aura fermé le coffre et fait monter Emma, Béa va inévitablement lever la tête vers moi et me faire signe, comme si elle cherchait à se faire pardonner son départ. Je n'y échapperai pas.

La vie de couple est effrayante quand l'existence se réduit à une somme d'habitudes et de rituels. Cette scène se répète chaque année. Les vacances de Noël à peine commencées, Béa prend le volant pour retrouver sa sœur Chris et le petit Damien dans la Maison jaune. Ses yeux s'illuminent à la seule évocation de ces retrouvailles. Si je ne connaissais pas ses relations particulières avec sa sœur, je pourrais penser qu'elle va rejoindre son amant. Notre petite Emma est surexcitée à l'idée de revoir son cousin qu'elle admire. Plus âgé, plus grand, plus fort, plus intrépide qu'elle et d'un naturel conciliant et généreux, le brave Damien cède à tous ses caprices.

Quant à moi, je les rejoindrai pour le réveillon et ce sera bien suffisant. Pour moi et pour elles aussi. J'ai l'impression d'être un trouble-fête en cette période de réjouissances familiales et Chris ne m'a pas pardonné d'avoir fait déménager sa sœur dans la région parisienne avant la naissance d'Emma. Qu'importe, j'ai du travail et, pour une fois, ce n'est pas une simple excuse !

Maintenant, Béa lève ses yeux implorants vers moi. C'est le passage que je redoute le plus. J'ai parfois du mal à reconnaître la jeune fille volontaire, déterminée et brillante, qui m'est apparue comme une évidence à l'ESSEC Business School en DEA management et relations internationales. Habillée simplement, sans ostentation, elle était à l'époque d'une élégance rare. Les garçons de la promo n'osaient pas l'aborder, intimidés par son port de reine et son intelligence intimidante. De mon côté, je n'ai eu besoin que d'un sourire et d'un regard pour reconnaître en elle l'ambition et la volonté de réussite qui me caractérisaient. Avec une femme telle qu'elle, la vie ne pouvait être qu'exceptionnelle et facile. Nous étions faits l'un pour l'autre et nous aurions des enfants à notre image. J'aimais croire à cette époque que je pourrais continuer à décider de tout. Encore longtemps.

Pourtant, il y avait quelqu'un entre nous que je devais accepter si je ne voulais pas courir le risque de perdre la femme que j'aimais. Sa sœur jumelle : Chris. J'ai dû supporter les appels téléphoniques quotidiens de Chris à sa sœur, le récit des errances sexuelles de Chris, les maladresses de Chris, son grain de folie, son incapacité à se fixer et à exister sans les conseils de Béa. Mon père me disait souvent : *quand on épouse une jumelle, Alban, on vit avec les deux.*

Jusqu'à l'accident, il y avait Béa la parfaite et Chris son brouillon. En tout cas, c'est comme ça que je les voyais.

Je n'ai rien pu empêcher. J'étais en déplacement ce jour-là. J'en ai voulu à Chris qui conduisait. Elle émergeait de ce chaos de ferraille avec quelques égratignures. Béa, ma Béa a été atomisée et, elle qui prenait les décisions pour deux est devenue triste, soumise à sa sœur. Chris se sentait responsable, elle s'est donc montrée plus investie que jamais et a tenu de longues permanences à l'hôpital pendant que je travaillais. Je lui laissais volontiers la place, ces visites m'étaient de plus en plus difficiles. Je ne lui en voulais plus, la peine immense que nous partagions nous a rapprochés. Il nous fallait rester vivants. Un jour, alors qu'il nous arrivait de plus en plus souvent de nous retrouver au bord du lac, j'ai découvert sur ses épaules dorées un nouveau tatouage. Il s'agissait des trois premières lettres de l'alphabet. Lorsque je lui en ai demandé la signification, elle m'a dit que cet accident lui avait fait comprendre qu'il était temps qu'elle construise, elle aussi, quelque chose. Le début de l'alphabet pour une nouvelle vie qui restait à écrire. J'avoue m'être contenté de cette explication à l'époque. Ou alors A pour Alban, B pour Béa, C pour Chris ? J'y ai pensé mais je ne l'ai jamais crue assez détraquée pour rendre indissociables nos trois initiales. Cet accident l'avait fait éclore : elle était plus épanouie. C'était troublant. Comme si Béa, inerte et alitée, lui avait légué son élégance et sa sensualité selon le principe des vases communicants.

Lorsque Béa a quitté l'hôpital, sa peau souple et satinée avait absorbé l'essentiel des contusions sauf cette brûlure à l'épaule qu'elle appelait *sa blessure de guerre*. Mais tout son être était meurtri, surtout quand on lui a annoncé au bout de quelques mois qu'elle ne pourrait jamais avoir d'enfant. Alors, puisqu'elle était incapable d'être mère, elle m'a refusé son corps. Elle ne voulait plus que je la touche. De longs mois...

Etais-je encore capable d'attirer une femme ? Je n'en doutais point mais j'avais besoin de preuves. Pour renforcer mon ego affaibli, j'ai commencé à flirter sur internet et ailleurs, mais jamais je n'ai eu l'intention de quitter celle que j'avais choisie. J'aurais fait n'importe quoi pour la retrouver comme avant. Nous avons consulté des spécialistes en France, en Suisse...Et toujours le même diagnostic !

C'est à ce moment que Chris m'a annoncé qu'elle était enceinte. Elle craignait de le dire à sa sœur qui venait d'apprendre sa propre stérilité. Elle pensait avorter pour de multiples raisons, elle ignorait qui était le père et elle ne voulait pas imposer ce bébé. Je l'ai dissuadée de mettre un terme à cette grossesse.

Cet enfant, je lui ai promis que nous l'élèverions. Les trois. Et c'est ce qui s'est produit. Du moins au début.

Béa s'est investie dans cette grossesse, a préparé cette naissance, est devenue plus enjouée. Nous avions même recommencé à faire l'amour. Et Damien, 3,8 kg, s'est invité dans notre quotidien. Sait-on toujours ce qui se passe entre des jumeaux ? Certains faits échappent à la science. Damien a été l'étincelle car, peu de temps après sa naissance, Béa s'est rendu compte qu'elle attendait aussi un enfant. L'effet miroir ! Cette stérilité irrémédiable selon les médecins, sa sœur l'en avait guérie.

La grossesse de Béa étant considérée comme à haut risque, j'en ai profité pour accepter ce travail dans la banlieue parisienne. Officiellement, cela permettait un bon coup d'envol à ma carrière et mon épouse bénéficierait d'un suivi obstétrique de qualité. Officieusement, je voulais nous éloigner de Chris. Je lui ai même laissé l'usufruit de la Maison jaune en guise de dédommagement. Elle allait bien s'en sortir sans nous, à l'abri des intempéries et du besoin. Et Damien était vraiment un enfant facile...

Je voulais donner à ma propre famille, celle que j'avais choisie, une chance d'exister. Sans ambiguïté. Chris était capable de le comprendre. Mais les kilomètres n'effacent jamais les erreurs. Tout juste parviennent-ils à émousser l'aiguillon de la culpabilité.

Le lac

Un rendez-vous privilégié avec la nature. Nul besoin de traverser le globe pour trouver une eau digne d'un lagon tropical ! C'est un écrin turquoise niché au cœur de la forêt et encadré de montagnes. Il suffit de se rendre au belvédère, très facilement accessible, pour en admirer toute la majesté.

Voilà ce que vous trouverez dans la brochure touristique. Gageons que cette description saura vous convaincre de la beauté du lieu. Pour le reste, il faudra vous adresser aux gens des villages environnants et vous en faire une idée à travers leurs anecdotes. Les plus âgés vous raconteront y avoir vu un grand rassemblement de saltimbanques pendant 36h ininterrompues. Vous entendrez parler de flirts exotiques avec de jolies Hollandaises, des premières nuits de camping après le bac, à six par canadienne. Viendront aussi des images de ski nautique, de pédalos puis, plus récemment, de paddle. Des parties de pétanque pour se faire croire qu'ici, c'est un peu comme dans le sud. Des animaux domestiques en liberté. Qu'on approche et qu'on caresse. La glace après le bain. Quand on a été sage. La mélancolie des vieux manèges qui s'essoufflent. Les grillades du soir au goût de liberté. La pêche en barque sous un parasol. Un petit air de vacances quand on ne part pas. La Maison jaune sur la route du lac que nous avons rêvé d'habiter un jour. Comme chaque enfant, sans exception. Pour que cet enchantement ne se termine pas. Pour prolonger encore. Pour ne pas être obligé de rentrer le soir. Le lac s'est ouvert et vous a offert ses plus beaux bleus, c'était l'été !

Et puis l'automne qui rôde, l'eau qui s'argente, les arbres qui roussissent, la plage qui se déserte, à peine troublée par les pas des randonneurs.

Dans sa solitude hivernale, le lac gèle et s'endort. Il lui arrive d'engloutir à jamais des adolescents lorsqu'une voiture quitte la route et vient troubler son sommeil. Un petit mémorial pour ne jamais oublier que le lac tue. Parfois.

Bientôt les plongeons des corps encore endoloris par l'hiver vous rappellent que le printemps est arrivé. Le paysage a changé. Les plages ont disparu. Il n'y a plus aucune tente et elles ne reviendront pas. Les tracteurs défilent, emportant sur leurs dos les chalets en bois. Le lac s'asphyxie. Est-ce l'eutrophisation ou le fardeau des souvenirs ? Il faut le laisser respirer. Ne pas le perdre.

Il vous suffira de plonger à votre tour dans les yeux de votre interlocuteur et parions que vous y verrez perler la nostalgie.

Béa (1998)

Ce matin, New York s'est réveillé sous une épaisse couche de neige. Ce soir, il n'en reste rien. J'ai mis plus d'une heure pour rentrer de l'hôpital. Un mélange de boue, de neige et de sel rendait la chaussée difficilement praticable. J'accompagne toujours Emma et j'essaie d'être présente pendant la durée de ses examens médicaux. Ils veulent la garder une semaine cette fois-ci. Alors chaque soir, nous accomplissons le même rituel, je lui souhaite une bonne nuit, je l'embrasse sur le front et je lui dis de faire de beaux rêves. Puis je rentre chez moi. *Chez moi* est une façon de parler car je ne me suis jamais sentie à la maison dans ce loft new-yorkais situé dans une rue pavée du quartier TriBeCa. "Triangle Below Canal Street". Alban est devenu très ami avec l'architecte qui s'est occupé de la réhabilitation de cet immeuble en briques datant de 1892. Selon lui, mon mari a un *unfailingly good taste* (et surtout beaucoup d'argent). Les murs de briques et les poutres en bois ont été restaurés mais une immense mezzanine en métal avec un sol en verre vient accentuer l'esprit industriel du lieu. C'est un appartement de catalogue. Un must have à exhiber. Comme tout ce que possède mon mari.

Ce n'est pas mon idée d'un cocon douillet pour y abriter une vie de famille. Rien à voir avec la Maison jaune. Ici, c'est impersonnel et glacial mais tellement tendance et révélateur d'une certaine réussite sociale.

Alban a beau me dire que je ne devrais pas me plaindre, que son salaire nous permet de vivre dans un quartier convoité, je m'ennuie en exil. Ce pays n'est pas le mien. Il est pour moi synonyme de rupture. Rupture avec ma vie professionnelle. Malgré les belles promesses de mon mari, je n'ai jamais retrouvé mon emploi. Rupture avec l'insouciance. La dépression d'Emma et l'aggravation de sa maladie depuis que nous sommes ici me rendent amère. Rupture avec ma sœur. Que dirait-elle de mon statut actuel ? Celui d'une femme entretenue qu'Alban exhibe dans les cocktails, un peu comme son appartement de Tribeca ? J'ai reçu les premières lettres de Chris à New York, juste avant qu'Alban nous fasse déménager à nouveau et nous demande expressément de clore nos comptes. *Je ne veux plus que tu contactes cette personne toxique qui a tout fait pour ruiner notre mariage et notre vie de famille. Tu m'entends ? Occupe-toi plutôt de notre fille et arrête de répondre aux jérémiades de ta sœur. Chris est toxique ! Damien est comme elle. Si je n'étais pas intervenu ce soir-là...Ne me dis pas que tu ne t'es jamais rendu compte qu'il en pinçait pour Emma ! Il faut que tu choisisses avec qui tu veux vivre à la fin. Chris ou moi !* Il tremblait, il hurlait, il menaçait. Pour la première fois, j'ai eu peur de mon mari. Chris ou moi ? Si Emma n'avait pas été malade, je sais qui j'aurais choisi.

Mais Emma est devenue ma vie, ma raison d'être, elle absorbe mon temps, mon amour. Je me sens tellement coupable. Je voulais un enfant. A tout prix. Les médecins me l'avaient déconseillé. Ma fille est un vrai bonheur, elle a envie de vivre cent vies à la fois. Je me surprends à prier pour qu'elle en ait au moins une.

Je nous revois cet après-midi d'été, ma sœur et moi avec les enfants au bord du lac. Le soleil déclinait et safranait nos visages. The magic hour ! Rien ni personne ne manquait au tableau. Nous étions dans une sorte d'anesthésie heureuse. Je crois que Chris et moi avons eu la même sensation d'un bonheur à portée de main et qu'on sent inépuisable. *Finalement, on n'a pas besoin des mecs, tu vois. Enfin, si, à peine au début !* Je l'ai regardée, un peu choquée, puis nous avons éclaté de rire.

Cette nuit, je n'ai pas entendu Alban rentrer. Pourtant, il est sous la douche, le jour à peine levé. Les sirènes incontournables de la bande son new-yorkaise percent déjà l'air glacial. Dans le lit King size, je roule de son côté. La nuit peine à laisser la place au jour, le temps est suspendu dans un matin qui hésite à se lever. C'est le moment que je préfère : Alban n'est plus là mais il m'a laissé sa chaleur. Je me love dans la cavité que son corps a abandonnée en partant. Je peux m'étirer et m'étendre sans prendre le risque de rencontrer celui qui m'est devenu étranger. J'ai une petite place dans le lit conjugal et je m'emploie à ne pas dépasser les limites de mon territoire. Je sais que le moindre contact, frottement pourrait être interprété comme une tentative de rapprochement, une invitation. La nuit, je m'enferme à double tour dans une carapace. Le matin, je gagne du terrain. Je prends des forces pour ma fille. Je vis un jour à la fois. J'essaie de trouver pour elle le juste milieu entre indulgence et surprotection. Je suis incollable sur la leucémie et ses traitements. Je donnerai ma vie, ma moelle. Je sais qu'Alban le fera aussi, s'il le faut. Mais nous n'en sommes pas là !

Comment cet homme s'est-il éloigné de moi ? Que nous est-il arrivé ? Nous avons traversé des épreuves ensemble : mon accident, la maladie d'Emma mais en cours de route, nous nous sommes perdus. Quelque chose s'est brisé. J'ai compris qu'Alban ne supportait pas de partager les femmes de sa vie. Sa mère, sa fille, moi. Il lui faut l'exclusivité. Je n'ai pas accepté qu'il m'éloigne de ma sœur, qu'il décide à ma place de ce qui était bon pour moi et pour Emma. Je supporte la situation car la santé de ma fille n'a pas de prix.

Depuis que nous sommes à New York, nous ne parlons plus. Chacun de nos échanges concerne la santé d'Emma ou la vie domestique qui est devenue mon principal champ d'investigation.

C'est l'heure de ma douche multi jets. Salle de bains chic et industrielle aux parois de verre habillées de baguettes de métal. Les serviettes blanches impeccables et moelleuses m'attendent sur le tabouret design. Si mon fantôme de mari est passé par là, rien ne traîne. Aucune trace de son passage, tout a été soigneusement effacé. J'ai l'impression de me réveiller dans un hôtel de luxe. Mais pas chez moi.

Emma (1998)

Mais c'est quoi ce protocole révolutionnaire de merde ? Une fois les ganglions enlevés, il m'avait pourtant dit le toubib: *Now, live your life as normally as possible.* Tu parles, trois mois de tranquillité ! Torse nu, en culotte et les pieds sur le carrelage glacé, je grelotte. Je regarde ce corps que je reconnais à peine. Un vrai corps de pisseuse avec deux œufs sur le plat. Pas celui d'une ado de 15 ans. D'ailleurs, est ce qu'il y a un mec au monde qui voudrait le tenir dans ses bras, ce corps tout maigrichon ? Heureusement que j'ai pris un peu d'avance…

J'attends la venue de l'opératrice et ça me fait flipper. Elle va venir me poser le cathéter de ses mains glacées. Je n'aime pas les piqûres, j'ai tout de suite des bleus. Je m'enroule dans la grosse écharpe à carreaux roses imprégnée de Shalimar. Elle est toujours là quand il faut ma Mam's. Mais ses yeux sont plus cernés à chaque hospitalisation.

Faut dire que là, ils font fort : une semaine d'examens médicaux ! Elle me raconte souvent son long séjour de deux mois à la clinique après l'accident. Avec moi, elle a le droit d'en parler. Sa sœur pouvait rester des journées entières dans un fauteuil, près d'elle, à la regarder. Comme elle a dû se sentir coupable, Chris ! Elle conduisait et elle n'a rien eu. Elle est parfois un peu timbrée mais sa légèreté me manque, à moi aussi. Et Damien ? Là, il vaut mieux couper les ponts et je ne suis pas en état de vivre une love story. Trop de kilomètres. Trop de séjours à l'hosto. Et avec la crise que mon père a piquée, je vais la jouer profil bas. Heureusement, Hortense me donne un peu des news en cachette. Grâce à Kelly qui réceptionne ses lettres et me les fait passer en loucedé sans que mon paternel le sache. *Et papa, il était où quand tu étais à la clinique ? Au travail.* Je me demande si mon père est capable de faire autre chose. Il faut bien avouer que ça l'arrangeait ce nouveau protocole pour ma maladie, il pouvait enfin venir travailler aux US. Son rêve !

La voilà ma tortionnaire, enfin ! Finissons-en. Elle me pose des questions comme si je baragouinais la langue. Je lui fais répéter. Mon américain n'est pas encore très performant. Et s'ils se mettent à me garder de plus en plus longtemps à l'hosto, ça va bien limiter mes interactions sociales. Peut-être que je pourrais me spécialiser en anglais médical. Disease. MRI scanner...

Elle me conduit dans la salle des machines de l'imagerie médicale. On me sangle dans le caisson. Ne bougez pas, décontractez-vous. Hop, on me fourre des bouchons dans les oreilles. Le plateau coulisse et c'est parti pour trente minutes. On me glisse une pompe dans la main au cas où...! Je ne sais plus où sont mes mains. Les bruits métalliques sont à peine filtrés par les protections auditives, j'ai l'impression que mon corps ne m'appartient plus. Le cerveau, les poumons, le foie, le pancréas... Beau cadeau pour mes 15 ans !

Je suis sage, je ne bouge pas, je fais ce qu'on attend de moi. Gentille Emma. Peut-être que le diagnostic sera moins effrayant. Je retourne dans la salle au carrelage froid et j'attends. J'attends qu'on vienne me dire comment je vais, combien de temps je peux continuer à espérer. A faire semblant de vivre comme les autres.

Je broie du noir quand ils me reconduisent dans ma chambre. Heureusement, je sais que Mam's est là.

Un anniversaire à l'hosto, il faut le fêter deux fois l'année suivante, ma chérie ! Je n'ai pas compris pourquoi ses yeux se sont remplis de larmes quand elle a dit ça.

Il n'y a personne dans ma chambre. Mam's doit être avec les infirmières dans la salle de réunion. J'entre. *Happy birhday to you, Emma !* Oh my god, quelle surprise ! Même Papa a fait un effort pour sortir du boulot plus tôt. Kelly est venue avec Arthur et Mary mes deux potes de classe qui continuent à me faire passer les cours quand je suis ici. Il y a même mon doc perso et mes infirmières préférées. Je me dis que devant moi, c'est peut-être ma nouvelle famille et je chiale. Comme une pisseuse.

Chris (1999)

- N'est-ce pas difficile d'exister quand on ressemble autant à sa sœur, Madame Bernard ?
- D'aussi loin que je me souvienne, ce qui semble être un problème pour les autres ne l'a jamais été pour nous. La Maison jaune est devenue notre refuge à toutes les deux. Il paraît que la gémellité est une malédiction quand les monozygotes vivent sous le même toit. C'est ce qui se dit à Madagascar et ça nous faisait bien rire. Alors, oui, c'est aussi perturbant que rassurant d'avoir sans cesse quelqu'un qui vous renvoie votre image. Mais quand la personne n'est plus là, c'est un peu comme si le miroir ne réfléchissait plus.

Je ne sais pas si la psy a vraiment compris ma réponse.

Ma Béa, c'est mon double mais pas moi.

Béa, c'est moi en mieux.

Ma sœur Béa, si belle, si brillante, si radieuse sur cette photo de 1982 qui trône en guise de bienvenue sur l'étagère de l'entrée.

Depuis le ventre de notre mère, nous avons presque tout partagé : notre ADN, notre environnement social et familial, nos chagrins, nos angoisses, nos secrets, nos aventures au bord du lac... Et un jour, elle m'a présenté Alban. Elle avait réussi à laisser de l'espace pour qu'un autre entre dans notre couple. Aussi beau, aussi brillant, aussi radieux qu'elle. Les gens ne s'unissent pas par hasard. Il y a des rencontres prédestinées. *Faits l'un pour l'autre*, c'est ce que tout le monde disait au village. De brillantes carrières l'un et l'autre. Pendant que moi, j'essayais psycho, socio puis lettres et que je multipliais les rencontres sans lendemain, en me persuadant que c'était ça la vraie liberté. Maintenant qu'elle vit à New York, elle me manque, ma sœur. Chaque fois que j'ai besoin d'un conseil, je regarde cette photo et je lui parle.

Béa en 1982, ton ventre appétissant qui gonfle comme un gâteau sorti du four. Tes seins qui tendent l'étoffe de ton chemisier. C'était inespéré. Et moi juste à côté, comme toujours. Dans ton ombre. Je pensais encore à l'époque que tu aurais toujours besoin de moi pour te rassurer, te protéger, c'est d'ailleurs ce que j'ai fait pendant ta grossesse et ses complications. C'est moi que tu as appelée depuis la salle d'accouchement, c'est moi qui t'ai encouragée à ne pas abandonner, alors que les forces te manquaient après 15 h de travail difficile. Alban n'aurait pas supporté de te voir les chairs arrachées, il t'avait fait savoir qu'il ne voulait pas assister à l'accouchement, il craignait de ne plus avoir envie de toi après un tel spectacle. Un corps de femme, juste pour le meilleur. Un corps que tu lui refusais de plus en plus depuis ce terrible accident où tu étais restée emprisonnée dans la carcasse alors que moi j'avais été éjectée. Comment pouvais-je me pardonner tes côtes brisées, tes membres fracturés, ton humeur morcelée et ton avenir de mère menacé ? Je m'en suis tellement voulu. J'ai eu tellement peur de te perdre. C'est toi qui décidais de tout mais ce jour-là c'est moi qui conduisais. Alors, c'est moi la fautive. Celle par qui le malheur est arrivé. J'aurais tout accepté pour effacer cette différence entre nous deux. Tout pour réparer !

C'est Noël sur cette photo de 1982 que je regarde chaque jour et Damien vient d'avoir un an. Je sens que le ventre de ma sœur qui s'arrondit va m'éloigner d'elle. Mon fils et moi vivons dans la Maison jaune avec François depuis que Béa et Alban nous ont annoncé la nouvelle. J'ai compris que la vraie raison de leur départ à Paris, c'était cette grossesse que personne n'attendait plus, un événement qu'Alban ne voulait vivre qu'avec elle. J'essaie de me réjouir pour eux mais le départ de ma sœur est un vrai crève-cœur. Sur la photo, mon fils est dans mes bras mais je ne souris pas.

Alban a insisté pour que moi, je reste dans la Maison jaune avec le petit, que je puisse m'occuper de François qui devenait de moins en moins autonome. Financièrement, je n'ai pas eu le choix et cela me permettait de suivre confortablement une nouvelle formation par correspondance. Je sais que la pauvre Hortense a dû me maudire de prendre cette place qu'elle convoitait tant mais elle s'est consolée en gardant souvent Damien pendant que je m'occupais de François. Alors que mon fils cherchait à se mettre sur ses pieds, le père d'Alban avait de plus en plus de mal à marcher.

Seulement, Béa et moi ne pouvions pas nous sentir complètes l'une sans l'autre, alors, il y a eu des week-ends, des vacances, des Noëls, des escapades... Nous inventions des rendez-vous réguliers qui nous permettaient de gommer la distance. Alban venait rarement. Damien était fasciné par Emma, tellement jolie mais tellement fragile. Malgré des corpulences bien différentes, nos enfants finissaient par se ressembler. Bref, nous faisions partie de la même famille que rien ni personne ne pourrait séparer.

Et pourtant, aujourd'hui ma sœur est si loin de moi. Depuis qu'elle vit aux États Unis, ses visites deviennent de plus en plus rares. Elle abrège nos conversations, elle est très occupée. Elle ne me dit pas tout. Si seulement je savais ce qu'elle me cache.

A -t-elle appris ce qui m'empêche de parler et me fait tant souffrir ?

Emma (fin 2001)

Ma chère Hortense,

Fuck ! Je suis obligée d'arrêter ma lettre. C'est plus fort que moi ! Les larmes coulent chaque fois que je tourne les pages de cet album photo. Le seul lien avec ma vie d'avant. La France, la banlieue parisienne, le lycée, les potes, la Maison jaune, mon cousin Damien. C'était ma life, un peu too much avec ses excès, ceux d'une ado qui brûle la chandelle par les deux bouts. Et aussi quelques spliffs à l'occasion, je ne m'en cachais pas...Je crois que quelque chose en moi me disait que ça ne durerait pas. Je kiffais les mecs « tu es bien comme ta tante », je tentais des expériences extrêmes, je jouais avec ma séduction de petite blonde *diaphane*. Pâle, fragile, qui laisse passer la lumière : j'ai cherché le sens de ce mot la première fois qu'un mec l'a prononcé. Je n'ai pas su quoi en penser. Tellement fragile que j'inspirais à tous ces messieurs un besoin irrépressible de me protéger. Mon père en premier mais celui qui en a fait les frais, c'est mon cousin Damien. Je lui en ai fait voir de toutes les couleurs. *Impressive* ! J'étais sa princesse et il exauçait tous mes désirs. Il avalait des escargots à sept ans pour m'impressionner, à 15 ans, il bravait le service de sécurité de Muse pour m'avoir un autographe de Matthew Bellamy. Parmi tous les mecs qui m'entouraient à cette époque, il était le plus fidèle. Mon Perceval n'échouait jamais dans ses missions. Il était grand, allait à la salle de muscu et réussissait ses études. Un chevalier accompli. Les miennes étaient plus balbutiantes.

J'avais mieux à faire à l'extérieur quand mes problèmes de santé m'en laissaient la possibilité. C'est à dire de moins en moins souvent.

Et il y a eu ce jour de fin d'été, Damien avait décidé de m'initier au paddle. Je n'ai jamais réussi à tenir debout sur une planche, il se foutait de moi car j'avais du mal à garder mon équilibre. Il me retenait comme il pouvait. Nos peaux nues se sont frôlées puis reconnues.

J'avais 14 ans et lui 16. Mes parents en déplacement et Chris au ciné avec une copine, nous n'étions que les deux à la Maison jaune. Il faisait chaud, Damien était torse nu, j'ai eu envie qu'il me prenne dans ses bras. Pour de bon. Je ne sais pas si c'était la première fois pour lui. Il était pudique, il ne parlait pas de ça avec moi. Je crois qu'il avait peur en retour que je lui raconte mes frasques parisiennes. Il respirait fort mais, avec une douceur infinie, il m'a déposée sur le canapé du salon. La suite ? Nous n'avons pas vu les phares de la voiture à travers les lourdes tentures que nous avions tirées. Je me souviens du visage décomposé de mon père. Il hurlait. *Vous êtes des dégénérés...Chris est une irresponsable. Ça ne va pas se passer comme ça. ! Comment osez-vous, entre...cousins ?* Il suffoquait, il s'est approché de moi et j'ai reçu la première gifle de ma vie. Il m'a ramenée à Paris où je suis restée sous bonne garde. Il avait été décidé que je ne retournerais plus à la Maison jaune. Whatever ! Grâce aux réseaux sociaux, Damien et moi étions toujours en contact, à l'insu de nos parents. Comme j'ignorais que, depuis quelques semaines, mon père nous préparait déjà un exil forcé à New York, nous avions même prévu de nous revoir en cachette le mois suivant, le temps que la surveillance se relâche. Damien me manquait. Je ne mangeais plus, je vomissais le matin, je ne tenais plus sur mes jambes. Ma mère s'inquiétait « Tu n'es pas enceinte ? Tu ne vas pas faire comme ta tante !»

Prise de risques. Prise de panique. Prise de sang. Prise au piège d'un diagnostic impensable : une maladie du sang qui serait très longue à soigner. Une leucémie. Mais ça, je l'ai intégré plus tard .Quand on m'a dit que j'allais perdre mes cheveux. Le cancer est inimaginable quand on a 15 ans.

La semaine suivante, nous emménagions à New York pour que je bénéficie d'une thérapie inconnue en France. J'ai supprimé mes comptes, je n'ai pas donné de nouvelles à Damien. A quoi bon ? De diaphane, sa princesse était devenue un squelette translucide. Depuis trois ans, malgré les traitements intensifs et les meilleurs médecins, je vais de rechute en rechute. La greffe de moelle osseuse s'impose. Il me reste plus qu'à espérer que mon père ou ma mère soit compatible. Sinon...Et ce soir ces fucking larmes délavent les trois mots que je viens d'écrire à celle qui tend les bras au-dessus de l'océan et qui me permet de suivre cette famille dont on m'a coupée. Mon Hortense. Une granny pour tous ceux qui n'en ont pas. A elle, je peux dire que j'ai peur.

Le studio de Damien (2001)

C'est un petit studio meublé situé Place d'Anvers, avec une vue dégagée sur le square, sur la Tour Eiffel et le Sacré Cœur. Le prix un peu élevé s'explique par sa proximité avec la rue des Martyrs et ses nombreux commerces. Vous avez de la chance, jeune homme mais il faut vous décider vite car un tel bien ne reste pas longtemps sur le marché !

La réalité est tout autre, l'appartement se trouve au cinquième étage sans ascenseur. Les escaliers recouverts d'une vieille moquette rouge, couleur sang séché, vous engagent à vous souvenir que cette place était autrefois l'emplacement des abattoirs. Vous voilà avertis et, si l'hypoxie ne vous a pas gagné à votre arrivée au sommet, vous constaterez que le Sacré Cœur est bien visible quand vous vous penchez dangereusement par le vasistas. Si le smog se dissipe, vous serez surpris de constater que la tour Eiffel n'est pas plus haute que celle qui se trouve sur le buffet d'Hortense. Si vous ouvrez la petite fenêtre, vous avez le sentiment que la ville s'engouffre avec les grondements du métro, le tintamarre hurlant des bus sur la place. Si la pluie hachure les vitres, il vous faut allumer. Avec tous ces si, on mettrait Paris en bouteille.

Mais voilà, quand on vient de la campagne, même si on a été reçu à l'oral de sciences po Paris, on n'a pas tous les codes. On ignore, par exemple, qu'ici, on s'engage à louer sans visiter et qu'il faut de solides garants. Le petit salaire de Chris n'étant pas suffisant, il a fallu ravaler sa fierté et supplier un vieil oncle maternel. Il aurait été plus facile de demander à Alban mais depuis l'épisode de la gifle et le départ précipité des Morel pour les États Unis, quelque chose s'est cassé. Entre sa mère, sa tante et Alban. Entre Emma et lui. Par sa faute, sans doute. Chris a trop compté sur les autres. Lui veut réussir sans l'aide de personne. Il est sûr d'y arriver mais ce sera long, il le sait.

Pas facile de loger 20 ans d'une vie dans 20 m² !

Il suffit de tendre le bras pour accéder aux piles de livres comme des immeubles colorés plantés à chaque coin de la pièce. Sur la petite étagère, plusieurs boîtes à secrets, à tickets de concert, quelques photos, un trèfle à quatre feuilles, des fossiles du lac... Une photo encadrée de la Maison jaune, comme un paradis perdu. C'est *chez toi ?* Les rares filles qui ont passé la porte n'ont pas manqué de poser la question Des haltères oubliées recouvertes d'une fine couche de poussière et quelques chaussettes dépareillées, tire-bouchonnées apparaissent lorsqu'on replie le canapé lit. Le studio est assez bien agencé, c'est préférable pour ne pas succomber au syndrome de Diogène. Quelques effluves de CK one, ce parfum qui le suit depuis ses 14 ans.

En revanche, le samedi et le dimanche, une odeur tenace de graisse brûlée vous accueille. Celle-ci imprègne ses fringues même s'il s'empresse de les emprisonner dans un sac poubelle et d'aller à la laverie quand il a fini son boulot. *Chez Mac Do, venez comme vous êtes* mais n'oubliez pas de vous changer en sortant !

Damien Bernard, Sciences po deuxième année, majeure humanités politiques (Huma pol) a pensé aux US pour son année de césure. Par curiosité plus que par conviction. Mais il faut de l'argent sur un compte bloqué pour être accepté. Alors, plus modestement, il demandera un pays européen.

Mon cher Damien, (2002)

Cette lettre enfin, après bien des brouillons et des hésitations. J'aime les mots des autres mais j'ai toujours eu un peu honte des miens, surtout lorsque je t'écris, à toi qui fais de grandes études. J'ai reçu des nouvelles d'Emma. Je sais que tu ne souhaites plus « rien savoir d'elle » depuis qu'elle a décidé de « t'effacer de sa vie ». Tu essaies de t'en convaincre mais les choses sont plus compliquées qu'il n'y paraît. Tu n'as pas compris et tu n'as pas accepté que ton oncle éloigne sa famille de la Maison jaune. Tu te sens responsable, m'as tu dit, et coupable d'avoir cédé aux avances de la petite. Elle te manque. Te sentirais-tu mieux si je te disais que tu n'es pour rien dans cet éloignement ? Tu n'as pas à endosser la culpabilité des adultes pour un fait qui s'est déroulé avant ta naissance !

Emma est très malade, elle est en attente d'une greffe de moelle osseuse. Elle vient de me l'apprendre. Les parents n'ayant transmis que la moitié de leur patrimoine génétique à leur enfant, ils sont exclus du don. Emma est bien inscrite sur le fichier mondial mais il y a une chance sur un million de trouver une personne compatible.

Dans une fratrie, il y a une chance sur quatre. C'est beaucoup mieux !

Tu n'as jamais accepté ce mystère qui entoure ta naissance. Enfant, tu croyais que tu avais deux mamans et qu'Alban était ton papa. Plus tard, on t'a expliqué que ton père était parti avant que tu ne viennes au monde. C"est ce qu'on t'a raconté.

Chris, ta mère, a toujours cherché à te protéger. Ton bonheur était ce qui comptait le plus pour elle. Elle t'a donné tout son amour et elle n'a jamais refait sa vie, comme si elle avait quelque chose à se faire pardonner. Maintenant, sa sœur lui manque et elle accepte difficilement son éloignement et son silence. Un océan les sépare et les rares nouvelles qu'elle reçoit ne parviennent pas à la contenter. Grâce à Emma, j'en sais plus que Chris sur leur nouvelle vie américaine. Pour ta mère, ce départ a été un véritable déchirement, elle a tellement aimé sa sœur qu'elle était prête à tout pour elle. Mettre un enfant au monde. Pour elle. Pour lui faire oublier cet accident. Tu as été cet enfant qui a permis à Béa de sortir de sa stérilité. Emma te doit la vie.

Pendant l'accident de Béa, ta mère s'est rapprochée d'Alban, ils se sont épaulés. Ivan et moi pensons qu'il y a eu davantage entre eux, ce qui expliquerait les deux fuites d'Alban, l'une à Paris quand il a appris la grossesse de sa femme et l'autre à New York quand il a découvert qu'Emma et toi étiez trop proches. Je ne peux pas te dire avec certitude que c'est ton père mais il faut que tu saches. Vite. Pour toi. Pour Emma. Si tu pouvais lui donner la vie une deuxième fois, le refuserais tu ? Oublie les adultes, pardonne-leur si tu peux mais fais ce qui est en ton âme et conscience. La famille Morel m'en voudra certainement mais je ne peux plus me taire, certains secrets n'ont plus lieu d'être quand il s'agit de sauver une vie.

Bien à toi,
Hortense

Alban (2003)

15 septembre, 23h00, New-York city, Tour First, étage de la direction générale du groupe Exo 7.

Engoncé dans un fauteuil en cuir pleine fleur, face à la baie vitrée qui me sépare d'un vide immense, je regarde la ville qui commence à ralentir. Elle s'étale à perte de vue et les façades gris anthracite forment un patchwork criblé de lumière. Je la connais par cœur cette capitale bouillonnante, pour la première fois, je ne la survole pas, je la goûte.

Mes derniers dossiers sont bouclés, le rapport annuel est validé et je sais déjà que demain sera pareil à aujourd'hui. Arrivé à 8h30, je découvrirai sans surprise, la centaine de courriels que je scannerai du regard, dégageant ceux qui tagués, réclament une réponse urgente. A neuf heures précises, Abigail, mon assistante déposera la presse nationale, un résumé de la presse régionale et un café noir avec un nuage de lait dans mon mug personnel posé sur mon plateau logoté. 9h30, Peter se présentera pour la préparation du comité de pilotage du jeudi, je pourrai ensuite espérer être tranquille jusqu'à l'heure du déjeuner pour choisir une des propositions retenues pour la dernière campagne marketing. Je n'aurai pas le temps de quitter les bureaux pour me restaurer et me contenterai d'une salade végétarienne aux pois chiches et pousses d'épinards, rehaussée de coriandre, supplément pignons de pin et pétales de tomates séchées, le tout sans pain et arrosé d'une eau minérale à faible teneur en sodium. L'après-midi sera entièrement consacré aux nouveaux produits avec les responsables de secteur de la recherche et développement.

Depuis mon arrivée, j'ai gravi les échelons, sans me rendre compte que j'y laissais mon âme. Je suis besogneux, j'ai compris que le travail compenserait avantageusement mon manque de légitimité : je ne suis pas américain.

Assis dans ce fauteuil, à cette place que beaucoup envient, je me rends compte ce soir que la tension ressentie n'est pas de celles qui décuplent les forces mais plutôt de celles qui les rongent obstinément. Je connais les services par cœur, je suis méthodique, consciencieux et doté d'une puissance de travail énorme. Mon implication dans la mission qui m'a été confiée est totale, augmenter les marges, diminuer les coûts. Mais si la charge de travail est lourde, la reconnaissance est au rendez-vous ; je suis écouté et encensé, invité parfois au Yale Club ou pour un départ de golf, je progresse et fais des jaloux.

Mais comment ai-je pu me noyer dans le travail ? J'ai déserté au plus fort de la bataille, alors que les rendez-vous pour Emma s'enchaînaient et que Béa se débattait seule. Je me suis réfugié dans ma tour d'ivoire, prétextant que mes revenus étaient nécessaires à la couverture des frais de santé mais me suis-je une fois demandé quel prix avait ma présence ? Cette expatriation se légitimait par la maladie de ma fille, le meilleur moyen pour mettre des milliers de kilomètres entre Chris et nous.

Je suis assis dans ce fauteuil face à la ville et je me bats depuis quelques années pour d'inatteignables objectifs, des semaines de crise permanente à fatiguer mes équipes, des jours à persécuter mes assistants avec des directeurs particulièrement retors qui n'attendent qu'un mauvais choix pour me laminer. Je les observais ce matin autour de la grande table ovale de la salle du conseil. Toujours dans le même ordre, le nouveau DG, Jeremy Jörgen, un quadra sorti d'une revue de mode et d'une grande école, une gueule de gendre idéal, presque une caricature, toujours flanqué de sa première assistante, jupe tailleur bleu marine, escarpins assortis, chignon émaciant son visage et regard insaisissable alternant entre son boss, son bloc et son dictaphone. Ce DG qui commence toujours ses réunions par un :

- Bonjour Messieurs, dites-moi quelque chose que j'ignore !

Ensuite, c'est parti pour une heure de constat et de reproches.

☙☙O❧❧

Je pense à tout ceci, je regarde autour de moi mais ne vois plus les toiles de maîtres sur les murs, ne ressens plus la douceur des cuirs du mobilier de mon bureau. Cet espace dont la superficie est calculée au mérite est la roue dans laquelle j'évolue comme un hamster. Je m'autorise des micro-siestes de dix minutes car mon dos me fait souffrir mais je ne dors que sous prescription médicale. Cela fait plusieurs semaines que je n'ai pas fait une nuit complète.

Ma belle Béa s'inquiète mais ne dit rien, elle assiste placide à mes impatiences de plus en plus fréquentes et mes colères presque compulsives, elle ne comprend plus mes silences inquiétants, cette anhédonie persistante et mon questionnement permanent sur mes objectifs. Et puis, ces disputes, pour des broutilles qui s'enveniment sur un mot de trop, un peu comme les feux de forêts qui n'attendent qu'un souffle pour repartir de plus belle.

Un jour, pourtant... je suis rentré très tard, plus tard qu'à l'accoutumée et je ne me suis pas immédiatement aperçu de son départ, la maison était calme comme une maison sans enfant. Tiens, parlons d'enfants ! Béa aurait volontiers sacrifié une année de sa vie pour une nouvelle naissance mais pour moi ce n'était pas le bon moment et me mettre devant le fait accompli lui aurait semblé inenvisageable. Elle comprit très vite que ce ne serait jamais le bon moment. Cela fut-il un manque ?

Je pose mon téléphone sur la table basse du salon et m'affale sur le canapé, c'est l'absence de lumière dans le couloir menant à la chambre qui m'intrigue,
- Béa ? chérie ?

Je pousse la porte et le lit parfaitement bordé semble répondre à l'armoire aux portes grandes ouvertes, rayonnages vides, penderie désertée : elle est partie...

&ea;&ea;O&ea;&ea;

Je multiplie les appels, laisse des messages, tente de briser le silence. Un message laconique tombe comme un couperet le lendemain : « Besoin d'être seule. Laisse-moi tranquille ! ».

Il m'a fallu quelques jours pour remonter à la surface. Pour la première fois de mon existence : J'ai peur. Tout se bouscule dans ma tête, chaque question est une boule dans un jeu de quilles. Mon univers se fissure et j'essaie de me trouver des excuses, de justifier mes faux pas, présents et passés.

Chris était un leurre ! un esprit de feu dans le corps de Béa, j'aimais sa spontanéité, sa façon d'être présente à 100%, ce n'était qu'un réconfort qui vira au feu de paille mais le premier écart nous fut fatal, nous nous complaisions dans nos écarts coupables, Béa en voulait secrètement à la terre entière et même si elle ne l'a jamais reproché ouvertement à sa sœur, elle aurait voulu inverser la tendance : c'est elle qui aurait voulu être moins parfaite, plus bohème, plus critiquable... mais en vie. Avec Chris, je pensais naïvement qu'il valait mieux avoir des remords que des regrets, j'ai rapidement déchanté !

J'ai toujours pensé que Béa se doutait de quelque chose depuis longtemps, elle ne voulait pas envisager une trahison de sa jumelle dont elle est restée très proche malgré tout. Et

Chris qui assumait de moins en moins ce double rôle de soignante d'une sœur dont elle empruntait le mari.

Je ne me reconnais plus dans cet univers, je ne parviens plus à me concentrer, je multiplie les erreurs mises en évidence par les contrôles de mon équipe. La loyauté prévaut et chacun fait tout pour couvrir le service. Le mois dernier, Peter, mon premier assistant marketing et collègue de longue date est passé à mon bureau avant de quitter le travail.

- As-tu relu ton dernier mémo, me demande-t-il ?
- Pourquoi ?
- Rien ne tient la route dans les étapes que tu donnes !
- Encore une erreur de mise en forme d'Abi
- Abi n'y est pour rien, je te parle du fond Alban, ton mémo est incompréhensible et aucun des items ne collent à la politique de la boîte, tu manques de concentration, un junior du département marketing aurait torché ça en moins de deux…
- Ce produit est de la merde en barre, tu le sais, je le sais et même Jörgen le sait…
- Et…
- Et tu m'emmerdes Peter…

Un silence se fait, nous nous fixons, la tension est palpable, un mot de plus n'aurait pas suffi. Peter serre les poings,

- Ton cynisme ne te protégera pas éternellement…

Il rejoint la sortie en reculant et fixe Alban jusqu'à la fermeture de la porte.

La situation s'est imperceptiblement dégradée jusqu'à l'appel du directeur général il y a un mois :

- Morel, vous pouvez monter s'il vous plaît ?
- J'arrive Monsieur, dis-je en grimaçant.

Hormis pour le comité de direction du jeudi matin, personne ne monte à l'étage de la direction générale. Aurais-je commis une erreur ? Les projections ne sont-elles pas celles attendues ? cette convocation ne sentait vraiment pas bon. Dès la sortie de l'ascenseur, je suis accueilli par l'assistante de Jörgen qui m'accompagne jusqu'à la porte opaque.

- Entrez Morel, prenez place me dit Jörgen me montrant le fauteuil de la main, les yeux encore posés sur un dossier.
- De quoi s'agit-il monsieur ?
- Le BK-3939, il semble que la situation stagne avec nos fournisseurs et que le département import ne suit plus. Pourriez-vous jeter un œil sur le problème et me faire un retour par courriel avant 17 heures, j'ai une conférence vidéo avec le siège et cette question est à l'ordre du jour …Par ailleurs, j'ai été alerté par le service comptable, leurs indicateurs mensuels signalent des anomalies dans vos rapports, j'aimerais que cet état de fait cesse et que le département dont vous avez la charge soit à la hauteur de nos espérances. Il n'y a que vous qui puissiez garder le cap à ce poste. Nous misons beaucoup sur votre capacité à gérer les trois points du projet Mayfair, qui saurait lancer la machine de production en maintenant les coûts ? Dois-je vous rappeler que cette idée est en grande partie la vôtre et je ne me vois pas en confier le suivi à vos collègues. Merci Morel, ce sera tout.

Je me lève et sors du bureau, je marque un temps d'arrêt après avoir refermé la porte. Quelques secondes qui me paraissent des heures. Je me dirige vers la sortie, je ne vois pas les assistantes me regarder d'un air gêné, je ne fais pas attention au coursier qui me dévisage, je marche les yeux dans le vide et lorsque les portes de l'ascenseur se ferment, moi, Alban Morel,

Vice-président & manager éclate en sanglots. Lorsqu'elles s'ouvrent à nouveau sur le grand hall, la sécurité prévient les urgences pour qu'on vienne au secours d'un homme prostré, atone et en larmes.

Dialogue Emma et Damien (2003)

Nous sommes sur 109 W Broadway, au Bluestone Lane Tribeca Café, Damien vient d'arriver à New-York et sa première visite est pour Emma. Elle l'attend assise à la terrasse couverte de ce Coffee shop. Emma, se lève pour embrasser Damien, ils se regardent longuement avant de prendre place autour d'une petite table ronde.

Emma, *regarde autour d'elle avant de se tourner vers Damien* : Je ne sais pas par où commencer... Tu sais... ça ne va pas. J'ai... j'ai pas tout dit dans ma dernière lettre, je ne sais pas si Hortense t'a tout dit mais il faut que tu saches que... c'est grave. Très grave.

Damien : Qu'est-ce que tu veux dire ? Qu'est-ce qui se passe ? Dis-moi.

Emma : Les marqueurs ne sont pas bons, je suis bien amochée. Il y a des chances que... que ça finisse mal.

Damien : Non... mais tu... tu peux pas dire ça... on peut encore trouver une solution, c'est pour ça que je suis venu, je suis compatible et le prélèvement n'est pas si terrible...

Emma : Les médecins ne sont pas très optimistes, tu sais... J'ai voulu t'en parler plus tôt, mais... *(Emma fait une pause, se forçant à sourire)* je ne voulais pas que tu partages mon angoisse, que tu me voies autrement. Regarde-moi, je suis transparente, j'ai une mine de déterrée. Tu as été là pour moi, tu l'es toujours. Et je ne peux pas te dire à quel point je suis désolée…

Damien : Non… tu n'as pas à t'excuser, d'accord ? Ça n'a rien à voir avec toi. Tu sais bien que je resterai à tes côtés, quoi qu'il arrive. Peu importe ce que les gens disent ou ce que tes parents veulent, je suis là. Toujours là.

Emma : Tu n'es pas censé dire ça… T'es censé oublier, t'en aller, tourner la page. C'est pour ça qu'ils m'ont envoyée ici, à des milliers de kilomètres. Parce qu'ils pensent que c'est mieux pour moi, mais aussi pour toi…

Damien : Ils peuvent nous séparer physiquement, mais ils ne peuvent pas effacer ce que nous avons vécu ensemble. Je n'oublierai jamais ça. Tu sais, je suis encore là. Peut-être qu'on ne pourra pas revenir en arrière, mais… Je te promets, tu n'es pas seule. Peu importe où tu es, je serai toujours là, même si on est loin l'un de l'autre.

Emma : On a vécu ensemble depuis si longtemps que je ne sais plus définir mes sentiments pour toi. Tu es l'ami de toujours, celui avec lequel je me suis laissé aller presque naturellement, sans passion, sans désir de conquête, juste pour être bien… te voici demi-frère ! tu te rends compte, en moins d'une semaine ton statut a changé trois fois, ami, frère et même un peu amant…

Damien : Oui, c'est vrai, moi aussi ça me perturbe, et tu sais quoi ? Peu importe ce qui s'est passé, je serai là dans chaque souffle, dans chaque souvenir, à chaque seconde. *(Après un temps d'arrêt, il la regarde.)* Je n'ai jamais compris pourquoi Alban a réagi comme ça. C'était un moment entre nous. Il n'a même pas essayé de comprendre, de discuter. Il a juste explosé...

Emma : Je crois qu'il a… il a du mal à accepter que je grandisse. Que je fasse mes propres choix, surtout avec toi. Quand il m'a vue avec toi, il a vu un truc qu'il ne voulait pas voir. Un truc qu'il ne pouvait pas contrôler. Je sais que ça t'a fait mal… C'est dur à comprendre. Mais tu vois, papa… il a toujours voulu me protéger. Il m'a vue grandir mais il n'a jamais voulu que je grandisse trop vite. Quand il nous a surpris, il a eu peur. Peur de me perdre.

Damien : Mais on n'a rien fait de mal. On… on s'aimait, tout simplement. Ce n'était pas un accident. Pourquoi est-ce qu'il a réagi comme si je t'avais agressée ? Est-ce qu'il pensait que je t'avais forcée à… à faire quelque chose que tu ne voulais pas ? On n'a rien fait de mal. C'était juste de l'amour. Il me voyait comme un monstre ?

Emma : Non, tu n'es pas un monstre. Mais pour lui, ce n'est pas juste une histoire d'amour. C'est plus complexe que ça. Il nous a vus comme frère et sœur. Voir sa fille, sa petite fille chérie, devenir une femme, vivre des expériences qu'il ne peut pas contrôler… ça l'a terrifié.

Damien : Mais… il m'a regardé comme un ennemi. J'avais l'impression d'être le méchant dans l'histoire. Il a peur de te perdre… *(Il secoue la tête.)* J'aurais aimé qu'il ait peur de me perdre ! C'est pas juste, tu sais. J'ai l'impression que quoi que je fasse, je n'ai jamais été assez bien pour lui. Je pensais qu'il m'accepterait s'il voyait que je t'aimais. Mais c'était impossible, jamais je ne gagnerai la moindre estime à ses yeux, J'avais de la valeur tant que tu n'étais pas là…Je m'aperçois que ta naissance m'a éclipsé!

Emma : Oui, c'est vrai, sommes-nous les enfants de l'amour ou les produits de la fatalité ? Tu en as parlé à ta mère ?

Damien : Non, pas encore… (haussant les épaules) je ne suis pas redescendu à Crussac. Je sais que c'est pas facile pour elle non plus. Je te regarde et je me dis qu'on vient de me faire le plus beau cadeau du monde, une sœur.…

Emma : Nous sommes tous sous le choc, l'aurions-nous appris si cette fichue maladie n'avait pas lancé une grenade au beau milieu de notre famille ? Dois-je me réjouir d'avoir un donneur compatible, même si cet être providentiel s'avère être mon frère ? Pourront-ils oublier les égarements passés, les écarts coupables et s'estimer heureux de n'avoir perdu personne dans la bataille ?

Damien, *posant une main sur celle d'Emma* : Tu représentes beaucoup pour moi, tu sais… Je ne comprends même pas pourquoi ça nous échappe, pourquoi ils nous ont séparés…

Emma : Ce n'est pas de ta faute. Ce n'est pas de notre faute. Je sais que tu as fait de ton mieux. Et moi aussi, je vais me battre pour ça. Mais tu dois savoir une chose… Je ne regrette pas un instant ce qu'on a vécu. Ce n'était pas un moment volé. Ce n'était pas un accident. C'était nous. Et rien ni personne ne pourra jamais nous l'enlever.

Damien : Je voulais te dire que j'ai rendez-vous avec… (*après un moment d'hésitation*) mon père…

Damien se lève, embrasse Emma et quitte les lieux

Dans le hall d'Exo 7, Manhattan (2003)

Je ne sais pas ce qui m'a pris de donner rendez-vous à Alban. Ou plutôt si, je le sais bien ! La curiosité et l'envie de savoir comment il va justifier ce silence de plus de vingt ans. Alban, que je mettais, enfant, sur un piédestal ! Alban si fort et si intelligent !

Alors c'est sûr, quand ma mère m'a révélé qu'elle ne savait pas qui était mon père. Qu'on s'en foutait. Que nous deux on n'avait besoin de personne. Je l'ai crue. Mais secrètement, j'avais envie d'avoir un père qui ressemble à Alban. Là, je me retrouve en face d'un mec usé, légèrement voûté qui n'a plus rien d'un héros et que les récents événements ont affaibli. On a tous morflé et j'espère que c'est pour la bonne cause. Il s'approche. J'hésite entre la bordée d'injures et le flot de rancœurs et de frustrations. Heureusement pour lui, il commence :

- Damien ! Je voudrais... tellement que tu comprennes...
- Que je comprenne quoi, vos parties de jambes en l'air à Maman et toi pendant que Béa était à l'hosto ?
- Nous avons été deux à plonger dans cette ivresse. Je ne suis pas plus responsable que ta mère. On était tellement déboussolés l'un et l'autre après cet accident que ce rapprochement nous a été salutaire. Deux solitudes. Deux bêtes qui se rapprochent pour ne plus avoir froid. Une histoire brève et sans importance...

- Ma naissance, sans importance ?
- Ne dis pas ça, c'est le contraire, c'est moi qui ai fait le nécessaire pour que ta mère te garde et t'élève dans de bonnes conditions...
- Alban, notre sauveur ! Tu pensais quoi ? Que ma mère vous donnerait l'enfant pour satisfaire votre désir d'en avoir un ?
- Non, mais je me disais qu'un enfant équilibrerait ta mère et que ça obligerait Béa à penser à autre chose qu'à cet accident. Et ça a marché, Béa est tombée enceinte. C'est ton arrivée au monde qui l'a guérie.
- Un enfant pansement, voilà ce que je suis pour cette famille ?
- J'ai toujours été contre l'avortement, Damien. Et ta mère, malgré sa légèreté et son goût pour la liberté, elle hésitait. Je te jure que j'étais prêt à m'occuper de toi. Comme un vrai père. Etais-je le père ? Cette paternité était plus qu'incertaine. Et c'est pourtant ce que j'ai fait, je me suis occupé de toi...Avant qu'Emma arrive au monde !
- Je rêve...C'est de la faute d'Emma alors si tu as fui tes responsabilités ?
- J'ai voulu te préserver, nous préserver tous des éventuelles répercussions de cette histoire éphémère sans importance. L'arrivée d'Emma a rebattu les cartes : la grossesse de Béa, la naissance. Rien n'était facile et je ne te parle pas de la suite avec la découverte de sa maladie. Alors oui, j'ai fui la Maison jaune. Tu me renvoyais cette image d'un garçon robuste qui réussissait ses études avec une facilité déconcertante. Tu me faisais penser à moi, plus jeune. Sauf que tu n'avais pas mon arrogance...

- Moi, j'ai cru que je ne t'intéressais plus en grandissant. Ça m'a rendu malheureux. Je guettais votre arrivée sur la route du lac et quand je voyais Béa au volant, j'étais déçu forcément. Tu sais ce que c'est de grandir sans père et de chercher dans le visage de chaque homme les traits de son possible géniteur ? Je sais que sans toi, nous n'aurions pas eu ce bien-être matériel. Mais le reste ? Tu y as pensé ? A tout ce qui m'a manqué...
- Non, c'est vrai... Moi, je voulais protéger ma petite famille. Tu sais, je n'ai pas le goût de la trahison. C'était tellement dur pour moi d'imaginer que tu pouvais être mon enfant que je me suis enfermé dans le déni et quand je vous ai trouvé Emma et toi dans le même lit, oui je me suis emporté. Je me suis dit que l'histoire risquait de balbutier. Il y a des erreurs qu'on paie le prix fort !
- Le prix fort ? Tu as empêché Emma de me recontacter, tu as séparé les sœurs. Tu croyais qu'en mettant un océan entre nous, ça se calmerait ? Tu sais, Emma et moi, nous sommes déjà comme un frère et une sœur. Nos mères nous ont élevés comme ça. C'était à moi de la protéger. Et je vais continuer à le faire, maintenant que mon profil génétique est compatible. Béa a déjà pris rendez-vous à l'hôpital Saint Louis à Paris. Il faut juste que tu signes cette autorisation pour le transport sanitaire d'Emma. Alban, je ne sais pas ce qui restera de cette famille après tout ça, mais même si je suis le résultat d'une erreur de jeunesse, j'accepte d'être une deuxième fois le pansement. Pour Emma. Uniquement pour elle.

Je tourne le dos et je m'engage dans les escaliers.

- Damien !... Merci !... J'espère que tu pourras un jour me pardonner. Je…

Ses derniers mots s'évanouissent avec l'arrivée propice du métro.

Mon Damien chéri,

Je lis et je relis ta lettre. Je la comprends ta colère mais je n'ai plus les moyens de l'apaiser. Quand tu étais enfant, il me suffisait de te prendre dans mes bras pour te calmer. J'avais d'ailleurs rarement besoin de le faire, tu as été un bébé merveilleux, un enfant calme et un adolescent d'une grande maturité. Je t'admire mon fils. Tu as plus de courage que nous tous.

Je t'assure que j'ignorais qu'Alban était ton père. Tu dis ne pas comprendre pourquoi j'ai trahi cette sœur que j'aime tant. Je ne voyais pas les choses ainsi. J'étais juste une écervelée, un pur produit de ces années de libération sexuelle où il était si tendance de jouir sans entraves. Je n'ai jamais été amoureuse d'Alban et n'ai jamais eu l'intention de remplacer Béa. J'aimais la vie, le plaisir, les caresses et je pensais qu'il n'y avait aucun mal à se faire du bien. L'accident nous avait éprouvés et il fallait que la vie reprenne ses droits. Je ne suis pas dupe, c'est ma sœur qu'Alban essayait de retrouver les quelques fois où nous nous sommes rapprochés. Et je ne voyais pas d'inconvénients à lui changer temporairement les idées. J'avais d'autres liaisons à l'époque, bien plus fréquentes, oui j'avais une sexualité très épanouie et je ne craignais pas de l'assumer. C'est ce que j'appelais ma liberté, je refusais de toutes mes forces la norme familiale dans laquelle ma sœur était en train de s'enfermer. Je suis gênée de te dire ça, à toi mon fils, mais c'est pour que tu comprennes à quel point je refusais cette vie toute tracée qu'on imaginait pour moi.

Si j'ai toujours eu besoin du corps des hommes, je n'ai jamais voulu que l'un d'eux s'installe entre nous. On me recommandait pourtant de le faire. *Ce serait plus facile pour vous deux !* Ta présence me suffisait et je ne voulais pas que quelqu'un t'éloigne de moi. On m'avait déjà pris ma sœur...Quand tu étais bébé, Béa s'est beaucoup occupée de toi. Elle te gardait contre elle de longs moments, elle t'embrassait le sommet du crâne, elle trouvait que tu sentais si bon...

Non, je ne savais pas qui était ton père. Je m'en moquais. J'aurais pu t'inventer des histoires : un bel aventurier, un journaliste en reportage à l'autre bout du monde, un riche armateur de passage dans nos contrées ? Tu me posais peu de questions mais quand Alban venait, je voyais bien que tu attendais ses marques d'attention, ses encouragements, sa fierté. Dans mon égoïsme de mère célibataire, je continuais à me persuader que toi et moi c'était suffisant. Et Emma a pointé le bout de son nez alors que plus personne n'y croyait. Tu n'étais plus le centre d'intérêt de Béa et d'Alban. Cela a dû te rendre triste mais tu l'as adoptée cette petite Emma tellement fragile. Tu es devenu son protecteur et votre adolescence est passée par là, provoquant la colère d'Alban et le départ de tous ces gens qu'on aimait.

Et maintenant ? Pour quelques instants d'égarement, je risque de perdre les deux personnes que j'aime le plus au monde : toi et ma sœur Béa. Je pense que ma psy n'en a pas fini avec moi !

Que retiendra-t-on de cette histoire ? On me condamnera, moi la briseuse de ménage, celle qui n'a pas hésité à coucher avec le mari de sa sœur alors que cette dernière était hospitalisée. Je n'ai aucune excuse, j'ai fait toutes ces choses en pleine conscience. Sans aucune volonté de nuire.

Pour une fois, je vais rester dans l'ombre et attendre qu'un homme, le seul qui compte pour moi, veuille bien me pardonner. Le don de moelle osseuse, ce cadeau que tu t'apprêtes à faire à Emma est magnifique et j'espère qu'il vous donnera à tous deux l'occasion de vous réconcilier avec la vie.

Je t'aime tellement,

Maman.

Septembre 2024

L'automne dernier, nous étions de retour dans la région après de nombreuses années d'exil professionnel. Notre nouveau projet commençait à prendre forme et la curiosité nous incita à faire une halte à la Maison jaune en rentrant du lac. Au village, certains prétendaient qu'elle était à vendre.

De loin, elle semblait avoir résisté aux offenses du temps, presque entièrement cachée derrière ses hauts murs hérissés de tessons de bouteille. En nous gratifiant de quelques cicatrices, ce procédé barbare avait fini par décourager nos escalades enfantines.

Le lourd portail gémissant en fer forgé daigna s'ouvrir après plusieurs tentatives. Le parc à l'abandon n'était plus qu'un enchevêtrement de ronces qui laissait à peine apparaître une esquisse de chemin. Il nous fallut marcher encore quelques dizaines de mètres en évitant les flaques, pour nous retrouver face à la bâtisse, toujours debout, mais plus lézardée, plus défraîchie. Un peu comme nous, finalement.

Le toit d'ardoise avait pris une couleur verdâtre et la peinture grise des volets s'écaillait. La gloriette fatiguée n'incitait guère au repos et les nénuphars ne parvenaient pas à cacher la noirceur fétide du petit étang.

Un coup d'œil sur les dépendances : les poules et les canards avaient fui les lieux. L'herbe avait envahi le box du cheval et la porte de l'étable ne servait plus à protéger aucun bétail. Les volets de la demeure demeuraient hermétiquement clos sauf celui qui donnait sur la grande pièce, il frappait le mur de manière régulière comme un appel à l'aide. Une rafale de vent un peu plus impétueuse que les autres en avait fait sauter le gond.

Nous en avions tellement rêvé de cette bâtisse ! Une maison de peintre. Entre Monet et Bonnard. Pour des déjeuners dans le parfum des roses trémières sous une gloriette pimpante. Pour des siestes alanguies dans la douceur du farniente estival près d'un étang couvert de nymphéas. Pour une porte ouverte sur une table en bois couverte de fruits. Une promesse de bonheur intérieur et extérieur. Mais, pour habiter dans une telle maison, il fallait être riches. Nos enfances respectives, sans avoir été misérables, nous avaient appris que posséder une résidence principale était déjà un luxe.

C'était magique de se promener dans cette cour avec la certitude de ne pas en être chassés par les propriétaires. François et Louise étaient décédés et Geneviève s'était retirée depuis plusieurs années dans un Ehpad vers Toulouse. Alban, le fils prodige était parti faire carrière aux États Unis et ne s'était jamais vraiment préoccupé de cette bâtisse. C'était ce qui se disait au village, mais personne ne savait vraiment qui était le propriétaire actuel de la Maison jaune.

Enfin, nous pouvions, à travers la vitre, apercevoir ce salon immense qui avait été entièrement vidé. Seul subsistait le fameux dallage en pierre de Bourgogne. Cette maison, nous en avions tellement entendu parler au village que nous avions imaginé mille fois ses intérieurs paisibles et capitonnés abritant des bonheurs domestiques. Si les riches attirent les jalousies et les convoitises, c'est hélas encore pire pour les pauvres qui gravitent autour d'eux, comme ces deux jumelles que nous avions à peine connues. Et pourtant, depuis l'accident auquel nous avions assisté, un lien secret nous reliait à elles. Malgré nos dix ans à l'époque des faits, pour la première fois, on nous avait pris au sérieux, en nous demandant de témoigner. Un peu comme si on nous avait donné temporairement l'autorisation d'entrer dans le cercle fermé des préoccupations de la Maison jaune. Une place de choix : avoir été en première ligne pour le déclenchement du « cataclysme de la famille Morel ! » Par la suite, cet endroit a nourri tous les fantasmes, en devenant le théâtre de nombreuses suppositions de la part de ceux qui n'avaient jamais pu y pénétrer.

Et maintenant, à l'âge adulte, elle nous paraissait inoffensive, presque humble, vidée de ses occupants. Nous ressentions ce que Pagnol avait dû éprouver en retournant au château de la Buzine. Si l'adulte grandit, c'est bien pour pouvoir apprivoiser les lieux qui l'ont impressionné lorsqu'il était enfant. Cette maison qui avait abrité tant de secrets et d'interdits, nous nous sentions prêts à lui redonner son éclat et sa candeur. Nous avions un seul objectif : ouvrir ses fenêtres, la laisser respirer et y laisser entrer le monde. Que chacun, riche ou pauvre, puisse y accéder et prendre sa revanche sur la brutalité des tessons de bouteilles !

- Ici, c'est propriété privée ! hurla une voix derrière nous avec un fort accent de l'Est.

Nous n'avions pas besoin de nous retourner pour savoir que c'était Ivan. Il n'avait pas quitté la région.

Il s'approcha de nous en ajustant ses lunettes. Malgré son grand âge, il avait gardé une sorte de puissance, quelque chose d'animal.

- Vous êtes revenus au bled, les mioches ?

Il nous avait toujours appelés comme ça et notre âge avancé n'y changeait rien.

- Y'a plus rien à prendre ici… Pas d'chance, dit-il l'œil pétillant, le vieux veille au grain !

- On voudrait juste que vous nous aidiez à comprendre ce qui s'est passé et vous parler de notre projet.

- Y'a rien à comprendre, les mioches ! Y'a plus personne, ils ont tous quitté le navire...M'sieur Alban n'a jamais remis les pieds ici. Les jumelles, elles jouent à cache-cache...Le Robert dit qu'il les a aperçues ensemble à Figeac mais pour peu qu'il ait un peu trop chargé la mule ce jour-là...Mon Hortense, elle est partie dans son sommeil il y a quatre ans mais les gosses lui donnaient des nouvelles. Damien et Emma vivent à Paris, l'opération semble avoir réussi. Ils ne veulent pas revenir ici. Moi, j'les comprends ces pauvres gosses.

Il nous tourna le dos puis se ravisa :
- Allez ! Entrez, les mioches, vous prendrez bien un petit café ? C'est quoi ce fameux projet ?

Ivan s'était retiré dans l'aile ouest, entre les écuries et le logis principal. Il n'avait gardé que deux pièces contiguës où quelques meubles témoignaient d'une époque révolue. La télévision assurait un bruit de fond presque rassurant. Pilulier et boites de médicaments étaient à portée de main, le journal local, encore plié, n'avait pas encore livré ses faits divers. L'odeur du feu de bois se mêlait à celui de la soupe aux poireaux. La toile cirée, légèrement poisseuse, nous racontait une scène de chasse.

- Allez Roméo, ouste ! ! dit-il en tirant une chaise où sommeillait le chat de la maison. Asseyez-vous donc ! Vous payerez pas plus cher !

Nous prîmes place autour de la table pendant qu'Ivan emplissait à moitié deux verres de cantine d'un café très noir. Nous lui exposâmes notre projet en lui expliquant pourquoi nous avions besoin de lui. Il nous écouta attentivement jusqu'à la fin :

- Vraiment ? C'est ça votre projet, les mioches ? C'est pour ça que vous êtes venus ? Vous voulez écrire un bouquin sur La Maison jaune ? J'avais peur que vous cherchiez à acheter la baraque ! J'suis pas sûr de comprendre votre histoire de fenêtres à ouvrir sur le monde, mais j'veux bien vous raconter ce que j'sais. Ça m'occupera, j'suis seul, l'Eternel veut pas de moi, pour le moment. Voilà comment tout a commencé.

Table des chapitres

LA MAISON JAUNE 9

La maison de poupée (2000) 11

Hortense (2002) 13

Chris (1978) 17

Béa (printemps (1978) 21

Louise (novembre 1978) 25

L'accident (1979) 29

Dialogue Chris et Béa à l'hôpital (témoignage d'une infirmière). 33

Dialogue Ivan Hortense (après l'accident) 37

Horizontal, mot en 4 lettres : Russe terrible…Ivan ? (1979) 41

Geneviève (1980) 45

François (1990) 49

Vue du bistrot 53

Alban (1986) 57

Le lac 61

Béa (1998) 63

Emma (1998) 67

Chris (1999) 71

Emma (fin 2001) 75

Le studio de Damien (2001) 79

Mon cher Damien, (2002) 81

Alban (2003) 83

Dialogue Emma et Damien (2003) 91

Dans le hall d'Exo 7, Manhattan (2003) 95

Mon Damien chéri, ... 99

Septembre 2024 103